dtv
premium

Philippe Besson

Nachsaison

Roman

Aus dem Französischen
von Caroline Vollmann

Deutscher Taschenbuch Verlag

Von Philippe Besson
sind im Deutschen Taschenbuch Verlag erschienen:
Eine italienische Liebe (24423)
Sein Bruder (24455)
Brüchige Tage (24530)

FSC
Mix
Produktgruppe aus vorbildlich
bewirtschafteten Wäldern und
anderen kontrollierten Herkünften

Zert.-Nr. GFA-COC-1298
www.fsc.org

Der Inhalt dieses Buches wurde auf einem nach den
Richtlinien des Forest Stewardship Council zertifizierten
Papier der Papierfabrik Munkedal gedruckt.

Deutsche Erstausgabe
Oktober 2007
edition manholt im dtv
Deutscher Taschenbuch Verlag GmbH & Co. KG, München
www.dtv.de

Titel der französischen Originalausgabe:
›L'arrière-saison‹

Umschlagkonzept: Balk & Brumshagen
Umschlagbild: Edward Hopper, American 1882–1972,
Nighthawks, 1942, Oil on canvas, 84.1 x 152.4 cm,
Friends of American Art Collection, 1942.51,
The Art Institute of Chicago.
Photography © The Art Institute of Chicago.
Satz: Greiner & Reichel, Köln
Gesetzt aus der Stempel Garamond 10,5/13,5'
Druck und Bindung: Kösel, Krugzell
Gedruckt auf säurefreiem, chlorfrei gebleichtem Papier
Printed in Germany · ISBN 978-3-423-24597-5

Für Patrice Chéreau,
dem ich die Bildschöpfung meiner Worte verdanke.

»Und dann wußte er nicht mehr, was er
ihr sagen sollte. Und dann sagte er es.
Er sagte ihr, daß es wie früher sei, daß er
sie noch liebe, daß er nie aufhören könne, sie zu
lieben, daß er sie lieben werde bis zu seinem Tod.«

Marguerite Duras, ›Der Liebhaber‹

I

Ja, anfangs lächelt sie.

Es ist ein diskretes, kaum wahrnehmbares Lächeln, ein Lächeln, wie es sich manchmal auf dem Gesicht abzeichnet, ohne daß man dies beabsichtigt, wie es hervorbricht, ohne daß man es ruft, ein Lächeln, das an nichts Besonderes gebunden zu sein scheint, das man nicht unbedingt zu erklären wüßte.

Da ist es: Ein Hauch von einem Lächeln, das ein Zeichen von Glück sein könnte.

Diese Zufriedenheit, die sie unabsichtlich zu erkennen gibt, kommt vielleicht daher, daß sie das rote Kleid mit den kurzen Ärmeln trägt, das sie besonders liebt, das ihre Taille unterstreicht und ihr die Figur gibt, die die amerikanischen Frauen auf den Plakaten der fünfziger Jahre zur Schau stellten. Sie fühlt sich wohl in diesem Kleid, noch immer schön, noch immer begehrenswert. Sie hat das Gefühl, leicht zu sein, so leicht, daß ein Mann, am liebsten Norman, sie an den Hüften fassen und ohne Anstrengung in die Luft heben könnte. Sie liebt es, sich leicht zu fühlen: das erinnert sie an ihre Jugend. Nicht daß sie alt wäre, in wenigen Monaten wird sie fünfunddreißig, aber man nennt sie schon nicht mehr eine »junge Frau«, und man redet sie eher mit »Frau« als mit »Fräulein« an. Es macht ihr nichts aus, nein, sie gibt zu, daß ihr Körper an jenen Stellen, die man zum Glück dank geschickt gewählter Kleider kaschieren kann und die sie selbst nur zu gut kennt, etwas fülliger geworden ist. Sie würde einfach gerne die verrinnende Zeit ein wenig anhalten, so lange sie sich dazu in der Lage fühlt, und eine Frau bleiben, die bisweilen die Blicke auf sich zieht.

Ja, das Lächeln ist vielleicht nur dazu da: begehrenswert zu sein, noch immer.

Trotzdem hat Ben sie nicht beachtet, als sie hereinkam. Ben beachtet sie seit Jahren nicht mehr. Seit wann genau? Er hat sich so an sie gewöhnt, daß er sie seiner Meinung nach nicht mehr zu beachten braucht. Er kennt sie so gut: Was würde er sehen, was er nicht schon gesehen hat? Und außerdem, zwischen ihr und ihm geht es nicht um Verführung, das ging es im übrigen nie, sondern um Einverständnis. Keiner von ihnen würde behaupten, sie seien Freunde, aber sie sind zumindest gute Bekannte, sie mögen sich, sie wissen ein wenig vom Leben des anderen, sie teilen Reaktionen und Erinnerungen. So vergessen sie nie zu erzählen, daß Louise genau an dem Tag zum ersten Mal ins Phillies kam, als Ben dort seine Laufbahn als Kellner begann, das war vor neun Jahren. Seitdem ist er immer da, hinter seiner Theke, die er mechanisch mit einem feuchten Lappen abwischt; und sie kommt täglich mit derselben Regelmäßigkeit in diese Bar, die ebenso ihr Unterschlupf wie ihr Fixpunkt geworden ist. Es ist wahr, Ben hat Louise nicht beachtet, als sie ins Phillies hereinkam, aber was hätte er gesehen, was er nicht schon gesehen hat?

Selbst ihr rotes Kleid kennt er auswendig. Nicht daß er es oft an ihr sieht, aber sie hat es schon vor langer Zeit gekauft, und sie trägt es bei wichtigen Anlässen oder wenn sie gefallen will. Das hat er sich tatsächlich gesagt, als sie hereinkam: »Louise möchte gefallen, oder es gibt etwas zu feiern. Norman wird etwas mit der Wahl dieses Auftritts zu tun haben.«

Er schätzt Norman, selbst wenn er weit davon entfernt ist, ihn zu seinem besten Freund zu machen: vielleicht, weil er zu steif ist, und dann ist da auch etwas, das Ben schon immer gestört hat, eine Art Unaufrichtigkeit oder so etwas wie Egoismus, er könnte es nicht deutlicher beschreiben. Im übrigen hat es keine große Bedeutung, was er über Norman denkt. Louise ist ein erwachsenes Mädchen, sie weiß, was sie zu tun hat, und es wird Bens Leben nicht verändern, wenn sich die beiden endlich dazu entschließen zusammenzuleben, sie und dieser Typ.

Ihr Abenteuer hat immerhin schon vor Monaten begonnen. Louise ist selten so ausdauernd, so beständig. Im allgemeinen halten ihre Amouren viel weniger lang, ohne daß man jemals wüßte, ob sie diejenige ist, die verläßt oder die verlassen wird. Diesmal ist es vermutlich ernster als sonst. Und auch komplizierter: eine verrückte Idee, sich einen verheirateten Mann zu angeln, wo es so viele Junggesellen gibt. Aber das ist ihre Angelegenheit.

Genau das denkt sie. Sie ist fröhlich über das, was sie erlebt, aber sie spürt genau, daß Ben für diese Geschichte nicht dieselbe Neugier an den Tag legt wie für die vorangehenden. Dieser Barkeeper ist vielleicht blasiert. Es ist nicht schlimm, daß er weniger Interesse zeigt: Seine Meinung ist selbstverständlich nicht entscheidend, aber sie schätzt es, wenn Ben ihr Sicherheit gibt. Sie hat sich an seine Ermutigungen gewöhnt, an sein Schweigen und an seine unergründliche Miene, die sie auslegen kann, wie es ihr gerade gelegen kommt.

»Ich weiß nicht, wann Norman kommen wird. Ich warte auf ihn, wissen Sie.«

»Haben Sie keine genaue Zeit ausgemacht für Ihr Rendezvous?«

»Nein, er hat nur gesagt, daß er kommen werde, sobald er mit dem, was er zu erledigen hat, fertig ist.«

Das, was er zu erledigen hat. Sie hat eine Art, die Dinge auszudrücken, die auf sonderbare Weise einer Lüge ähnelt. Aber konnte sie Ben wirklich verraten, was Norman zu erledigen hat, und was er schon längst getan haben müßte? Nein, bestimmt nicht. Ihre Intimität reicht dazu nicht aus, und bestimmt ist es Ben ebenso egal wie das erste Budweiser. Außerdem ist Louise an diesem Abend abergläubisch: Sie hat das Gefühl, daß es wichtig ist, nicht darüber zu reden, damit nichts schiefläuft. Sie ist sich bewußt, daß nur Kinder eine solche Haltung einnehmen, daß ein vernünftiger Erwachsener sich nicht mehr so auf einen Gott verläßt, der seine Scherze mit uns treibt. Es hat den Anschein, als ob ihre Ängste über ihre legendäre Urteilsfähigkeit siegten.

Langsam läßt sie den Blick über das Territorium der Bar schweifen, um an etwas anderes zu denken, um sich von ihren Obsessionen, ihren Vorahnungen zu befreien. Es gibt nicht viel zu sehen: Wie gewöhnlich ist die Bar am Sonntagabend leer. Nur Ben und sie. Und das durch die Glasfront einfallende Licht, das schöne Septemberlicht.

»Die Nachsaison ist immer besonders schön, finden Sie nicht?«

»Sicher. Die Leute täten besser daran, jetzt zu kommen, als sich im August in der Gluthitze hier zu drängen. Sie würden sehen, daß es viel angenehmer ist. Sie werden mir entgegenhalten: ›Wenn sie im September kämen, dann wäre der September die Hölle‹.«

Ben pflegt diese Art von Bemerkungen zu machen, die immer zwischen gesundem Menschenverstand und Absurdität schwanken, so daß man nie weiß, ob er völlig verrückt oder nur spöttisch und ironisch ist. Auf alle Fälle muß er darüber lächeln. Er ist mit sich zufrieden. Deshalb poliert er seine Gläser mit noch mehr Hingabe. Er denkt an all die Leute, die manchmal von weit her kommen, um zu sehen, womit dieser Arm zu vergleichen ist, der sich in den Ozean erstreckt und den er sich zum Wohnsitz erkoren hat. Hundert Kilometer Küste immerhin, das ist mehr als nichts. Cape Cod ist ein kleines Paradies. Strände, weißer Sand, Dünen, Klippen: Man versteht, daß die Touristen hierher reisen und die Leute von Boston ein Haus in der Umgebung kaufen. Gut, sicher, Chatham ist nicht die feinste Ecke, viele billige Motels in der Gegend, Fast-food-Restaurants, in denen man besser nicht ißt, Supermärkte der untersten Kategorie, in denen man allen möglichen Kram bekommt, aber wenn man hier lebt, wenn man nicht aufgibt, wenn man sich jenseits der Touristenströme bewegt, macht man schließlich die Orte ausfindig, die reizvoll sind. Und dann hat die Bar von Phillies eine gute Lage, ein wenig abseits vom Rummel, einige Kabellängen vom Ozean entfernt, den man durch die Glasfront sieht. Ben erinnert sich, daß ihm dieser Ort, als er ihn vor neun Jahren betrat, auf den ersten Blick gefiel. Deshalb ist er geblieben. Kellner ist nicht der Job, von dem er geträumt hat, aber er führt ein ruhiges Leben, das ihm viele reiche Leute neiden könnten.

Außerdem versteht er sich gut mit seinen Gästen, zum größten Teil Stammkunden. Wie Louise Cooper. Zwischen ihnen hat sich eine Art Band geknüpft. Ja, das ist es, er fühlt sich an sie gebunden, er kann es eigentlich nicht genauer beschreiben. Es ist wie eine Bruderschaft. Allein diese Gewißheit macht ihn glücklich.

»Ben, macht es dir etwas aus, mir meinen Martini zu bringen?«

»Entschuldige bitte, Louise. Ich frage mich wirklich, wo ich heute meinen Kopf habe.«

Sie trinkt weißen Martini. Immer. Er hat sie nie etwas anderes trinken sehen. Ein solches Festhalten an Gewohnheiten ist erstaunlich. Manche hätten andere alkoholische Getränke probiert oder versucht, Abwechslung in ihr Vergnügen zu bringen. Sie nicht. Sie ist nie von dieser Gewohnheit abgewichen, und trotz der vielen Jahre überrascht es Ben jedesmal von neuem. Allerdings sieht er einen Vorteil darin: Wenn sie sich an der Theke niederläßt, braucht er sie nicht mehr zu fragen, was sie bestellen möchte. Er bedient sie mechanisch, ohne zu überlegen. Und trotzdem wartet er, ohne daß er es ihr jemals gestanden hätte, im Grunde seines Herzens auf den Tag, an dem sie eintreten und etwas anderes bestellen wird. Er versucht, sich für diesen Tag bereit zu halten, der vielleicht einmal kommen wird, wer weiß? Dennoch ahnt er, daß er, wenn sich das ereignen sollte, völlig verblüfft sein würde.

Das Leben liegt in diesen Kleinigkeiten, denken sie beide übereinstimmend. Das Leben liegt in diesen winzigen Momenten, in diesen alltäglichen Riten, in dieser Vertrautheit. Louise und Ben scheinen, jeder auf seine Weise, nichts anderes als das zu suchen. Sie könnten glücklich sein, wenn das Leben nichts wäre, als die Aufeinanderfolge dieser einfachen und ungetrübten Augenblicke. Sie könnten glücklich sein, wenn es immer das schöne Septemberlicht auf den Klippen von Cape Cod und immer die Sonntagabende in der leeren Bar gäbe.

Louise ist gerührt über Bens Zerstreutheit, über die sie sich immer gewundert hat, weil sie der Meinung war, ein Barkeeper sei notwendigerweise jemand, der das Gedächtnis eines Elefanten, die Geschmeidigkeit einer Gazelle und die Reflexe eines Geparden besitze. Ben ist fast das genaue Gegenteil von all dem: Er ist im allgemeinen vergeßlich und langsam. Seine Art, immer etwas hinter dem Mond, etwas zu spät zu sein, diese winzige Verzögerung in seinen Bewegungen, hat ihr vom ersten Moment an gefallen, und sie ist ihm fast dankbar, daß er sich nicht geändert hat.

Sie hänselt ihn ständig wegen seiner Unbeholfenheit und seiner Zerstreutheit, und er protestiert jedesmal, erklärt die Vorwürfe, die ihm an den Haaren herbeigezogen scheinen, für unzutreffend, behauptet, er sei ein sehr guter Kellner, er mache seine Arbeit sehr gut. Und im übrigen habe Phillies nie Grund gehabt, sich über ihn zu beschweren. Und dabei sei sie keine einfache Chefin, sie würde ihn schnell vor die Tür setzen, wenn sie mit seiner Arbeit nicht zufrieden wäre. Mit Phillies sei nicht zu spaßen. Nun ist es an Louise, den Blick zum Himmel zu heben und daran zu erinnern, daß Phillies ein Schatz ist, die beste aller Frauen, daß sie keiner Fliege etwas zu leide tun könne, daß sie Ben unter ihre Fittiche genommen habe, daß er ihr Kreuz sei, das sie bis ans Ende ihrer Tage tragen müsse. Normalerweise wird Ben an dieser Stelle wütend, und beide brechen in Lachen aus. Sie spielen dieses Spiel seit fast zehn Jahren und sind es immer noch nicht leid.

Ben beeilt sich also, seinem Gast einen weißen Martini zu servieren und nutzt die Gelegenheit, um eine Art Unterhaltung zu beginnen, denn in der menschenleeren Bar gibt es nicht viel anderes zu tun, als über alles und nichts zu reden.

»In der Zeitung habe ich gelesen, daß die neue Theatersaison in Boston mit *Ein abgewandtes Profil* eröffnet wird. Sie müssen verdammt zufrieden sein.«

»Ja, das wird noch zu einem Klassiker, wenn man nicht aufpaßt. Aber es ist trotzdem nicht mein Lieblingsstück. Ich will Ihnen sogar ein Geständnis machen: Zu Beginn dachte ich, niemand würde es wollen. Als ich es vorschlug, habe ich wirklich eine Ablehnung erwartet. Ich war völlig überrascht. Im Grunde ist man häufig selbst sein schlechtester Kritiker.«

Louise Cooper schreibt Theaterstücke. Im Augenblick arbeitet sie an der Niederschrift des sechsten. Sie ist eine bekannte Autorin: Ben ist sehr stolz auf sie. Er weiß immer, ob gerade irgendwo im Land eines der Stücke von Louise gespielt wird. Er, der sich für nichts außer Baseball interessierte, hat sich nach seiner Begegnung mit Louise fürs Theater zu interessieren begonnen. Für ihn ist Louise eine Art lokaler Größe, und er bildet sich etwas darauf ein, daß sie sich gerade seine Bar ausgesucht hat. Er liest also die Artikel, die erscheinen, er hält sich auf dem laufenden, und jedesmal, wenn ein neues Stück auf die Bühne kommt, macht er es sich zur Pflicht, die Premiere zu besuchen. Inzwischen genießt er Privilegien: Louise verschafft ihm regelmäßig eine Einladungskarte, und er hat immer einen guten Platz. Er ist sogar zu der privaten Cocktailparty zugelassen, die nach der Premiere stattfindet. An diesen Tagen zieht er den Anzug an, den er nur bei Hochzeiten und Beerdigungen trägt. Die beiden ersten Male hat er seinen Platz noch selbst bezahlt.

Er wäre nicht in der Lage, sich über das Theater zu äußern. Die Stücke von Louise sind die einzigen, die er je besucht hat. Er weiß nur so viel, daß sie ihm gefallen, er verbringt eine angenehme Zeit, es ist eine wichtige Unternehmung für ihn. Auch fühlt er sich beeindruckt von dem Andrang bei den Premieren, von den Vorhängen, von dem vielen Gold im Theater, es ist ihm etwas unbehaglich, aber sobald der Vorhang hochgeht, ist er einer von all den anderen, und sein Vergnügen steht außer Frage.

»Das ist wirklich wahr, daß Sie Ihr schlechtester Kritiker sind. Ich werde Ihnen etwas sagen: *Ein abgewandtes Profil* ist das Stück, das ich allen anderen vorziehe. Diese Frau, die ihren Sohn verliert, sie erschüttert mich total.«

»Ja, vielleicht, ich weiß nicht.«

Ben kennt die Titel der fünf Stücke auswendig, als wäre er es, der sie erfunden hat. Er spricht nie von einem Stück, indem er sagt: »Sie wissen schon, das, wo eine Frau ihren Sohn verliert.« Er zitiert den Titel genau. Er könnte sogar angeben, wann und wo das Stück zum erstenmal aufgeführt wurde und wer die Schauspieler waren. Er kennt die Anzahl der Aufführungen. In gewisser Hinsicht ist er der Wächter des Gedächtnisses. Heimlich führt er Buch, aber das hat er Louise nie einzugestehen gewagt.

Sie amüsiert sich über diese kindliche Verehrung, die Ben ihr entgegenbringt. Und doch, letzten Endes ermutigt sie das, es schmeichelt nicht ihrer Eitelkeit, denn so ist sie nicht veranlagt, aber es macht ihr Spaß. Sie sagt sich, daß es in Bens Leben Baseball und ihr eigenes Theater gibt. Kann sich ein Autor mehr erhoffen?

Sie hatte sich zunächst nicht als erfolgreiche Autorin gesehen. Sie hat lange gehofft, Schauspielerin zu werden. Sie hat den Unterricht an der Boston School of Arts besucht, hat vorgesprochen, hat kleine Rollen in annehmbaren Komödien gespielt und größere Rollen in schlechten Tragödien, hat sich um Engagements bemüht. Eines Tages, sie war sechsundzwanzig Jahre alt, hat sie sich den Tatsachen gebeugt: Sie würde nie eine bekannte Schauspielerin werden. Von heute auf morgen hat sie alles aufgegeben. Sie hat diesen Verzicht als Kapitulation erlebt. Sie hat, zweifellos um die anderen ebenso wie sich selbst zu täuschen, erklärt, dieser Beruf habe den höchsten Prozentsatz an Arbeitslosen und sie könne sich nicht länger eine solche Unsicherheit leisten, das Glück sei nicht auf ihrer Seite gewesen. Aber ihre Kapitulation enthielt einen nicht unwesentlichen Anteil an Bitterkeit. Man verzichtet nicht so leicht auf seine Kindheit, auf seine Kindheitsträume. Heute, nachdem fast zehn Jahre vergangen sind, ist sie bereit zuzugeben, daß sie vielleicht wirklich keine gute Schauspielerin war. Und inzwischen ist sie wunschlos glücklich: Sie arbeitet für das Theater, sie verdient gut, die Kritik ist im allgemeinen lobend. Es war nicht immer so leicht: Sie erinnert sich an die mageren Jahre. Sie empfindet kein Triumphgefühl, es ist ihr einfach gelungen, genau in dem Moment in den Aufzug zu springen, ehe sich die Tür schloß.

Ben kennt das alles, denn Louise hat ihm, ohne es zu wollen, an gewissen Sonntagabenden, die intimer waren als die anderen, nach mehreren Martinis ihr Herz ausgeschüttet. Er hat sich immer darauf beschränkt, ihr zuzuhören, ohne ihre Sätze zu kommentieren. Er ist überzeugt, daß Barkeeper freundlich und diskret sein müssen. Er versteht diese Entsagungsgeschichte ein wenig, das Bedauern über etwas, das nicht in Erfüllung ging, diese Trauer um die Jugend. Er weiß, daß das mit heimlichen Verletzungen, mit persönlichen Leiden zu tun hat, nicht mit solchen, die schmerzen wie ein Schnitt oder ein Bruch, eher mit solchen, die sich wie Rheumatismus ausbreiten. Aber trotzdem, das Leben von Louise Cooper scheint ihm unbestreitbar ein Erfolg zu sein. Seine Tage angesichts des Atlantiks mit Schreiben zu verbringen, Erfolg zu haben, Martinis zu trinken, seine Liebhaber wählen zu können: Es gibt weniger beneidenswerte Schicksale.

Um nichts in der Welt möchte sie eine jener verbitterten Frauen sein, und sie ist es nicht, denn wenn sie auch nicht genau das Leben führt, das sie sich ausgesucht hätte, so führt sie doch auch keines, vor dem es ihr graut, eines jener komfortablen, konformistischen, genau vorgezeichneten Leben, ausgefüllt von Ehemännern, Kindern, Schulen, Supermärkten, Autos, Ferienhäusern, Sonntagen mit Schwiegereltern, Diätkuren und befreundeten Paaren. Diesem Greuel war sie entkommen, und wie viele können das von sich behaupten?

Genau das liebt sie an Norman: sein Außenseiterleben, sein Freiheitsbedürfnis, seine Leidenschaftlichkeit, alles was vom Üblichen abweicht. Er ist bis ins Mark, bis in seine Hysterien, seine Eifersüchte, seinen Liebesüberschwang Schauspieler. Er kennt keine Lauheit. Die kleinsten Enttäuschungen werden zu unüberwindlichen Dramen. Die geringsten Erfolge schlagen in einen absoluten Triumph um. Norman ist nie müde, nur erschöpft, nie gut gelaunt, sondern außerordentlich glücklich, nie melancholisch, sondern entsetzlich traurig. Das könnte unausstehlich sein, aber weil er einen wahnsinnigen Charme besitzt, ist es einfach nur herrlich. Ohne das Theater hätten sie sich nicht kennengelernt. Norman hatte bei der Uraufführung am Broadway die Hauptrolle in *Ein Morgen in New York* gespielt. Sie erinnert sich, daß sie sich bei seiner ersten Antwort in der ersten Probe in ihn verliebt hat. Sie gibt zu, daß seine spöttischen blauen Augen und seine lebhafte Erscheinung viel dazu beigetragen haben.

Dieser Gedanke genügt, um sie reflexartig daran zu erinnern, daß sie ihm gefallen, daß sie für ihn schön sein will. Aus ihrer Handtasche, die sie auf dem Hocker direkt neben sich abgelegt hatte, holt sie einen Taschenspiegel und hält ihn sich vor den Mund. Zerstreut und mit einer für den, der sie in diesem Augenblick beobachtet hätte, verblüffenden Sicherheit greift sie nach einem Lippenstift und dreht ihn auf. Sie erneuert das Rouge auf ihren Lippen und befeuchtet sie. Sie macht diese ausschließlich Frauen vorbehaltene Geste: Sie fährt mit der Zunge über ihre Lippen, um sie zu befeuchten, dann betrachtet sie das Weiß ihrer Zähne, als ob ihr ganzes Leben davon abhinge. Als sie damit fertig ist, legt sie den Spiegel in ihre Handtasche zurück und richtet ihre Frisur. Nun ist sie wieder schön. Ben würde sagen, sie sei eine Frau mit Stil.

Sie blickt nervös auf die Uhr. Es ist schon nach achtzehn Uhr. Auch wenn Norman ihr angekündigt hat, daß er in Anbetracht dessen, was er zu erledigen hat, nicht genau sagen kann, wann es ihm möglich sein wird, sie zu treffen, stellt sie unvermeidlich fest, daß er sich verspätet. Sie hofft, daß er nun bald kommt und sie nicht mehr sehr lange zu warten braucht. Es wird etwas dunkler in der Bar: hinter der Glasfront sind Wolken aufgezogen, die unmerklich die Abendsonne verschleiern. Die Nachsaison hat bisweilen etwas Herzzerreißendes.

2

Bens Blick zieht Louises Aufmerksamkeit auf sich und reißt sie aus ihrer beklemmenden Lethargie. Ein Blick, in dem sich Überraschung und vielleicht auch ein leichtes Erschrecken spiegelt. Ein verunsicherter Blick, der zwischen Freude und Angst schwankt. Der Blick dessen, der ein Gespenst sieht. Mit einem brüsken Schwung der Hüften – übrigens brüsk im vollen Wortsinn, denn er ist gleichzeitig ungraziös und unhöflich – dreht sie sich auf ihrem Barhocker zur Eingangstür der Bar um, man ist ja unter sich. Als die Drehung ausläuft und der Hocker stillsteht, sieht sie einen Schattenriß im Licht der Glasfront, einen Mann, wie in der Sonne ausgeschnitten. Als sich ihre Augen an das helle Licht gewöhnt haben und endlich besser sehen können, haben sie tatsächlich ein Gespenst vor sich. Im Türrahmen steht Stephen Townsend, in voller Lebensgröße. Mit einer langsamen und etwas verlegenen Handbewegung nimmt er seine Sonnenbrille ab. Plötzlich herrscht Totenstille.

»Stephen, darauf war ich nicht gefaßt ...«
»Benjamin, ich freue mich, Sie wiederzusehen.«

Die Unterhaltung konnte nur zwischen Stephen und Ben in Gang kommen. Louise ist es unmöglich zu sprechen. Sie ist stumm, erschrocken, überwältigt von Erinnerungen. Sie leidet unter der Benommenheit, die Menschen befällt, die nicht darauf vorbereitet sind, vor einer bestimmten Situation zu stehen und die von einer Sekunde auf die andere eine Entscheidung treffen müssen. Mit einer heftigen Bewegung, die einen großen Teil Verwirrung enthält, hat sie sich wieder zur Theke umgewandt, hinter der sie, ohne ihn wirklich zu sehen, Ben beobachtet, wie er sich mit Stephen unterhält. Mit dem intuitiven Gespür einer Frau weiß sie, daß ihr nur wenige Augenblicke bleiben, bis sie sich selbst an dieser Unterhaltung wird beteiligen müssen, wenige Augenblicke, in denen sie sich entscheiden muß, wie sie mit dieser Information umgehen will, die ihr gerade zuteil wurde: Stephen Townsend ist zurück.

Er ist der einzige, der Ben mit seinem richtigen Vornamen anredet: Benjamin. Keiner außer ihm tut das. Niemand nennt ihn anders als Ben, zum Beispiel Benji. Wenn man im übrigen die Stammgäste vom Phillies fragen würde, wie viele von ihnen die genaue Identität von Ben kennen, könnte man sicher sein, daß alle mit der Hand auf dem Herzen oder auf der nächstbesten Bibel versichern würden, daß ihr Barkeeper mit Vornamen Ben, einfach Ben, heiße. Sie wären sogar verblüfft, daß man ihnen diese Frage stellte: sie würden deren Sinn und Zweck nicht verstehen. Stephen hat Benjamin von dem Augenblick an mit dessen Taufnamen angeredet, als dieser, an jenem Tag offenbar bereit, seinen ganzen Vornamen zu nennen, sich ihm vorstellte, und er hat ihn von da an nie anders genannt. Stephen hat Verkleinerungsformen und Spitznamen noch nie ausstehen können und immer die Ansicht vertreten, man solle die Wahl, die die Eltern bei der Geburt ihrer Kinder getroffen haben, respektieren. Das ist zweifellos eine altmodische Ansicht, aber das ist ihm egal. Er glaubt, daß das Festhalten an den angestammten Namen den vertrauten Umgang nicht hindere, sondern vor einer gewissen Form von Vulgarität schütze. In diesem Punkt widerspricht ihm niemand. Man hat sich an diese unangebrachte Anrede, an diesen Snobismus gewöhnt, die man zu unrecht einem Klassenunterschied, einer Geringschätzung zuschreiben würde: ganz im Gegenteil, es ist zweifellos ein Zeichen von Zuneigung. Ben hört seinen richtigen Vornamen zum erstenmal seit fünf Jahren.

»Louise, es freut mich, auch dich wiederzusehen ...«

Stephen setzt sich auf einen Barhocker, neigt sich etwas zu ihr hinüber und legt die Sonnenbrille auf die Theke. Er trägt einen sehr gut geschnittenen dunklen Anzug aus leichtem Leinen, zweifellos einen Armani, der gut zu milden Septembertagen und zu Geschäftsleuten am Wochenende paßt. Das T-Shirt unter seinem Sakko ist hellgrau. Die Zusammenstellung zeugt von einem ausgezeichneten Geschmack, er sieht blendend aus. Stephen Townsend war schon immer ein distinguierter Mann.

Sie wendet sich ihm zu und sieht, daß sein Charme ungebrochen ist. Louise erkennt die grünen Augen wieder, die hellen Haare, die Feinheit seiner Züge, die feste Haut des Gesichts, auf der ein Zweitagebart gewachsen ist. Sie ist gerührt über den roten Schimmer des Barts, den sie fast vergessen hat und an den sie sich plötzlich wieder erinnert. Wenn man sich an gewisse Männer zu erinnern versucht, denkt man tatsächlich zuerst an die Dinge, die am offensichtlichsten sind: die Augenfarbe, die Leibesfülle, dann ruft man sich gewisse Momente ins Gedächtnis, aber an diese Art von Details wie den roten Schimmer eines Barts denkt man nicht, selbst wenn man sie besser kannte als viele andere, selbst wenn man diesen Schimmer mit Küssen bedeckte.

Während sie auf seinem Gesicht verweilt, bemerkt sie, daß Stephen keine Brille mehr trägt, daß die grünen Augen nicht mehr mit diesen ewigen Gestellen maskiert sind. Schlagartig fällt ihr diese Abwesenheit auf, der Mann sieht aus, als habe man ihn entstellt, als habe man ihm etwas amputiert. Sie erinnert sich, daß es ihr nicht gelungen war, ihn zu Kontaktlinsen zu überreden. Diejenige, die dies erreicht hat, muß eine beängstigende Frau sein.

»Was hast du mit deiner Brille gemacht?«

Fünf Jahre lang haben sie sich nicht gesehen, und das ist der erste Satz, den sie zu ihm sagt! Er hat wenigstens Takt bewiesen: Er hat mit einem Kompliment, mit einem netten Satz begonnen. Sie nicht. Ihr gelingt es nicht, über ihren Schatten zu springen, Klippen zu umschiffen, auf die Begrüßung zu achten, die Worte zu gebrauchen, die die Leute erwarten. Sie ist mit ihren Gedanken anderswo, ein wenig abseits. Sie hat ihre eigenen Vorstellungen.

»Durch Kontaktlinsen ersetzt. Du siehst: Ich habe mich endlich dazu entschlossen. Eine Koketterie, zweifellos. Die Weigerung zu altern, weiß der Himmel. Früher wollte ich älter wirken, und die Brille gab mir das seriöse Aussehen, das beruhigend war. Jetzt will ich jünger aussehen. Im Grunde hat man nie das richtige Timing.«

Stephen verhält sich wie die meisten Individuen männlichen Geschlechts: Es fällt ihm schwer zuzugeben, daß ihm seine Erscheinung wichtig ist. Bei keiner anderen Person außer Louise hätte er auf seine »Koketterie« angespielt, aber was kann er ihr schon verbergen? Ja, er achtet auf sich, auf seine Ernährung, seine gesunde Lebensweise. Ja, er besucht Sporteinrichtungen und vermeidet, zuviel zu trinken. Im ganzen hält er sich gut, obwohl er weiß, daß seine Hüften nicht mehr genau dieselben sind, die er mit zwanzig hatte, daß sein Körper nicht mehr ganz so schlank ist, daß seine Gesichtszüge schlaff geworden sind. Er ist sechsunddreißig und in einem Alter, das ihn ohne drastische Maßnahmen und regelmäßige Anstrengungen geradewegs in die Korpulenz führen könnte. Gott sei Dank ist ihm bisher Haarausfall erspart geblieben, und sein Lebensstandard erlaubt ihm, sich Anzüge zu leisten, die seiner Linie schmeicheln. Er redet sich ein, sein Beruf und seine ständige Pflicht zu repräsentieren zwinge ihn zu einer solchen Aufmachung. Er ist Rechtsanwalt in Boston.

Ben, der dieser Szene beiwohnt, läßt sich kein Wort entgehen, obgleich er sich um nichts in der Welt in die Unterhaltung und in die Wiederbegegnung einmischen würde. Er fragt sich, ob Stephens letzte Worte, »im Grunde hat man nie das richtige Timing« einen verborgenen Sinn enthalten, aber das würde ihn wundern: Stephen ist nicht der Mann, der Botschaften auf eine unterschwellige Weise ausspricht. Er ist aus einem Guß, er nennt die Dinge beim Namen, so hat er ihn zumindest in Erinnerung. Dagegen war er über die erste Frage von Louise nicht überrascht gewesen: Er erkennt sie gut in dieser Ungeniertheit, das ist ihre Art, ihr Territorium abzustecken.

»Benjamin, könnten Sie mir bitte einen Southern Comfort bringen?«

»Natürlich, sofort.«

»Ich sehe, du hast deine Gewohnheiten nicht geändert und trinkst immer noch weißen Martini.«

»Ja, der ist mir treu geblieben: Du weißt ja, ich bin vernarrt in die Form der Gläser, in denen er serviert wird.«

Man hätte dies leicht für eine Affektiertheit halten können, und doch ist Louise allein wegen der Form des Glases zum Martini gekommen. Als sie noch ein halbes Kind war, war sie sehr beeindruckt gewesen von der Haltung einer Frau, die sie in einer Bar dabei beobachtet hatte, wie sie genüßlich einen Martini aus einem so handlichen Glas in Form eines dünnwandigen weiten Vs aus feinem Kristall auf einem langen Stil schlürfte. Sie hatte sich auf der Stelle gewünscht, dieser Frau zu gleichen. Sie gibt zu, daß dies eine etwas kindische Reaktion war, aber weiß man, wie und warum man zu den einfachsten Dingen kommt?

Jetzt graben sie schon ihre Erinnerungen aus wie alte Kriegskameraden. Es hat keine zwei Minuten gebraucht. Sie hält diese Nostalgie für etwas deplaziert, und sie ärgert sich fast darüber, daß sie eine Anekdote heraufbeschworen hat, von der sie meinte, sie vergessen zu haben. Anscheinend bedient sich die Erinnerung erstaunlicher Wege und braucht Schockerlebnisse, um das, was sie in ihren Falten verbirgt, wieder hervorzuholen. Er ist in der Stimmung, dieses Heraufbeschwören charmant zu finden. Und außerdem ist es ein gutes Mittel, um eine Unterhaltung zu beginnen. Er muß trotzdem zugeben, daß es ihm, wenngleich er sich häufig ihre Wiederbegegnung vorgestellt und zu erraten versucht hat, welches die ersten gewechselten Worte sein würden, nie in den Sinn gekommen wäre, daß das Thema eine Brillengeschichte und die Form eines Glases sein würde.

Stephen hat regelmäßig an Louise gedacht. Obwohl mit Rachel verheiratet, Vater zweier reizender Jungen und stark in seinem Beruf eingespannt, hat er nie aufgehört, an sie zu denken. In den Monaten nach ihrer Trennung versuchte er ständig zu erraten, was sie machte, mit wem sie zusammen war, wo sie sich befand. Auch der Zufall schickte ihm Zeichen: Im Fernsehen gab es einen Film, den sie zusammen gesehen hatten, das Theater in Boston, an dem er jeden Morgen auf dem Weg in sein Büro vorbeikommt, hatte ein Stück von Louise auf dem Spielplan, auf einem Gehweg begegnete er alten Freunden, die ihm das Neueste von ihr hätten erzählen können, wenn er nicht darauf verzichtet hätte, sie zu fragen. Mit der Zeit ist dies überdeckt worden, gewiß, die Signale sind seltener geworden, aber es hat nie ganz aufgehört. Man teilt nicht fünf Jahre lang sein Leben mit jemandem, ohne daß Spuren davon zurückbleiben. Louise würde bestimmt dasselbe sagen. Er hätte es unheimlich gern, daß sie dasselbe sagte.

Louise Cooper und Stephen Townsend waren fünf Jahre lang eines der bekanntesten jungen Paare in Boston. Sie, eine vielversprechende Schauspielerin, die bei ihrem ersten Versuch zur Erfolgsautorin avancierte, der Schwarm der Schickeria, eine junge Frau mit sicherem Geschmack, fähig, mit jedermann Verbindungen zu knüpfen. Er, direkt von Harvard kommend, einer sehr alten, begüterten Familie entstammend, liebenswürdig und verführerisch, das Ideal eines Mannes zum Heiraten. Jeder rühmte, wie ausgezeichnet sie sich ergänzten. Immer wieder hatten sie zu hören bekommen, daß sie »sehr gut zusammenpaßten«, daß sie »so gut miteinander harmonierten«, so wie man von zwei Farben oder zwei Kleidungsstücken spricht. Sie versuchten, solche Bemerkungen nicht zu beachten, aber wahrscheinlich hatten sie schließlich daran geglaubt oder sich zumindest daran gewöhnt.

Ben hatte sie in ihrer »Glanzzeit« gekannt. Er könnte viel darüber erzählen. Sie kamen so oft zu ihm, entweder anläßlich ihrer Aufenthalte bei Stephens Eltern, die in Hyannis wohnten, oder später dann, als Louise beschlossen hatte, ein Haus in Brewster zu mieten, um dort ihre Stücke zu schreiben: Sie behauptete, sie brauche Ruhe. Regelmäßig hielten sie ihren Einzug bei Phillies, er den Arm um ihre Taille gelegt, sie lachend, mit jenem Lachen, das ihr das Gesicht nach hinten wirft. Sie bestellten ein Glas und blieben fast immer zum Abendessen da, nahmen ein Sandwich, einen Salat, und sie redeten und redeten. Mehr als einmal hatte Ben sich gefragt, was sie wohl immer zu erzählen fänden, wie es ihnen gelinge, so unerschöpflich zu sein. Von Zeit zu Zeit sah man sie mit Freunden zusammen. Man konnte leicht erkennen, ob es sich um Louises oder um Stephens Freunde handelte. Es war kein Zweifel möglich, und die Stimmung war je nach den Teilnehmern sehr verschieden. Nicht daß die Freunde von Stephen besonders gehemmt und die von Louise übertrieben laut gewesen wären, aber in seiner Umgebung waren ruhige, maßvolle, offensichtlich intelligente und kultivierte, offensichtlich gut erzogene Leute, die Sinn für Humor hatten, aber die sich über Dinge amüsierten, die andere wahrscheinlich nicht amüsiert hätten, während man in ihrem engeren Kreis gesprächigere, herzlichere Menschen antraf, die in ihrer theatralischen Art und ihrer selbstsicheren Andersartigkeit manchmal nervten, jedoch gut gelaunt und schön waren. Bei der Erinnerung daran fühlt Ben einen Hauch von Melancholie in sich aufsteigen, als ob er die Zeit, die inzwischen verstrichen ist, und das, was verlorengegangen ist, besser bewerten könne.

Was den Kellner einigermaßen beruhigt ist, daß Stephen sich nicht sehr verändert hat. Äußerlich ist er fast derselbe. Gewiß, er hat ein paar Falten in den Augenwinkeln, die er früher nicht an ihm gesehen hat, die ihm aber eher gut stehen, die ihm ein merkwürdig ausgeruhtes Aussehen geben. Seine Bewegungen sind ebenfalls ruhiger geworden, wie ein Zeichen der Reife. Auch seine Kleidung macht ihn etwas älter, aber das kommt daher, daß Ben ihn hauptsächlich in Jeans und schlechtsitzenden Hemden kannte, und einige Monate lang sogar mit einer Mütze, deren Schirm einen Schatten auf sein Gesicht warf. Der Rest ist sich treu geblieben.

An diesem Sonntagabend vor fünf Jahren, als Ben Stephen zum letztenmal gesehen hat, aber er wußte damals nicht, daß es das letztemal sein würde, trug der Bostoner dieselbe angeberische Erschöpfung zur Schau, dieselbe Abgespanntheit, die man zu verbergen sucht. Nein, er hat sich nicht sehr verändert.

»Hier, Ihr Southern Comfort. Das ist neu. Früher haben Sie nur Bier getrunken.«

»Sie haben wirklich ein ausgezeichnetes Gedächtnis, Benjamin. Aber was wollen Sie, mit dem Alter nimmt man bürgerliche Gewohnheiten an …«

Ja, genau das ist geschehen: Er hat bürgerliche Gewohnheiten angenommen, die seiner Kreise, er ist dem nicht entkommen. Aber kann man dem überhaupt entkommen? Es braucht Mut, nicht schwach zu werden, wirkliche Widerstandsfähigkeit, eine Art Heroismus, und auf jeden Fall Enthaltsamkeit und Desinteresse. Er gibt zu: Er hat sich verführen lassen, das war nicht sehr schwer, es genügte, der abschüssigen Bahn zu folgen. Was soll's, er fühlt sich nicht besonders verdammenswert, und er braucht sich nicht zu entschuldigen. Schließlich hat er das Recht, einen Southern Comfort zu trinken. Natürlich, Louise hätte diesen Verlockungen nicht nachgegeben! Außerdem hat sie gleich gezeigt: Sie ist dem weißen Martini treu geblieben. Bedeutet dies, daß sie noch immer dieselbe ist? Und macht ihn sein Abtrünnigwerden automatisch zum Mitglied im Club der Verräter? Aber warum kommen ihm plötzlich derartige Gedanken? Sind die Worte, die man im Augenblick der Wiederbegegnung ausspricht, von solcher Bedeutung, daß man sie genau unter die Lupe nehmen, sie analysieren und ihre Ein- oder Mehrdeutigkeit abwägen muß? Er merkt, daß er etwas aufgeregt ist.

Louise wirkt entspannter, der Moment der ersten Überraschung ist vorbei. Sie ist eine Frau, die etwas verträgt, die eine Situation zu beherrschen versteht. Man glaubt zu unrecht, weil sie Künstlerin sei, finde sie zwangsläufig Gefallen an übertriebenen Reaktionen. Sie versteht es, ruhig, und rational zu bleiben und die Ereignisse richtig einzuschätzen. Im übrigen war sie früher in ihrer Beziehung eher das beharrende Element.

»Wir werden alle älter, Stephen. Wir müssen alle Abstriche machen. Was zählt ist, daß das Wesentliche erhalten bleibt.«

»Ich befürchte, hinter dieser Behauptung verbirgt sich so etwas wie ein Vorwurf?«

»Da täuschst du dich, ich habe eine Floskel gebraucht, das ist alles. Wie im Theater. Ich neige zu Repliken.«

Und tatsächlich ist in ihrer Bemerkung keinerlei Bosheit enthalten. Sie gibt zu, daß man darin einen leichten Vorwurf erkennen könnte, aber das ist ganz und gar nicht beabsichtigt. Es ist ihr wichtig, daß man von ihrer Aufrichtigkeit überzeugt ist. Sie will keine »Botschaften« loswerden. Und wenn sie etwas zu sagen hat, wird sie es offen äußern. Sie muß keine Windungen oder Bilder zu Hilfe nehmen. Sie versteht es, klar und offen zu sein. Sie versucht einfach, eine Unterhaltung in möglichst harmlosem Ton zu führen. Sie glaubt, Oberflächlichkeit sei das sicherste Mittel für sie, nicht in Ohnmacht zu fallen.

»Ich habe gehört, daß die neue Theatersaison mit einem Stück von dir eröffnet wird.«

»*Ein abgewandtes Profil.*«

»Ja, so heißt es. Danke, Benjamin. Ich stelle fest, Sie sind noch immer ein großer Bewunderer von unserer nicht weniger großen Autorin.«

»Ich halte mich auf dem laufenden. Es ist wie mit dem Martini bei Louise: Auch ich habe meine Gewohnheiten, denen ich treu bleibe.«

Kaum hat er den Satz ausgesprochen, da bedauert er ihn schon, aber es ist natürlich zu spät. Er hatte beabsichtigt, Louise ein Kompliment zu machen, und es wird ihm klar, daß er den Eindruck erweckt, als wolle er Stephen eine Lektion erteilen. So etwas würde er sich nie erlauben, und obendrein hat er nichts gegen ihn und hat ihm auch nichts vorzuwerfen. Manchmal redet man zu schnell. Ja, wirklich, er ärgert sich darüber. Was wird man nun von ihm denken? Er will sich nicht wichtig machen, und er ist keiner von denen, die sich in Dinge einmischen, die sie nichts angehen. Es ist besser, wenn er jetzt ein paar Tische eindeckt: Es wird schon noch jemand zum Abendessen kommen. Wunder sind nicht nur der Bibel vorbehalten.

Stephen bedauert, daß Ben den liebevollen Spott seiner Bemerkung nicht erkannt hat. Offensichtlich verliert man seine Reaktionsfähigkeit mit der Zeit, und man muß den Weg noch einmal zurücklegen, damit die, die gestern unsere Sätze verstanden, ohne daß man sie zu beenden brauchte, sie heute verstehen, ohne daß man sie ihnen wiederholen muß, um sicher zu sein, daß man verstanden worden ist. Und wieder zieht sich Louise am besten aus der Affäre. Sie ist der Mittelpunkt, aber da sie fast nichts sagt, geht sie nicht das Risiko ein, Fehler zu machen. Während die beiden Männer, die armen Teufel, sich hübsch verheddern, ohne daß ihnen eine Hand zu Hilfe kommt. Wiederbegegnungen sind nicht einfach: Er ahnte es.

Louise setzt ein Lächeln auf, das sie bestimmt leicht nennen würde. Aber diesmal ist es ein gezwungenes Lächeln, das sie fast entstellen könnte. Es ist ganz einfach ihre Art, Haltung zu bewahren. Ben geht zur Musikbox, wirft eine Fünfzigcentmünze ein und wählt fast zufällig einen Titel, nur um die Stille zu überspielen. Der mechanische Arm hinter der gewölbten Glasscheibe hebt sich in die Luft, greift methodisch nach einer Platte und legt sie auf den Teller, der sich wie von selbst zu drehen begonnen hat. Der Saphir senkt sich sanft auf den schwarzen Rand und kratzt ganz leise. Der Schlager scheint Schwierigkeiten mit dem Start zu haben. Aber plötzlich ertönen aus der verchromten Maschine die ersten Akkorde von *Somethin' Stupid*. Die Stimme eines bekannten Schnulzensängers erzählt mit hübscher Ironie von der Torheit der Liebe.

3

Draußen, jenseits der Glasfront, ist noch immer Sommer, noch immer September, immer noch diese süße Milde des Abends, trotz der aus Boston heranziehenden Wolken und des schwächer werdenden Lichtes. Im Innern der Bar drehen sich die Flügelblätter der Ventilatoren über den Köpfen und den Moleskinbänken. Die Flaschenreihen spiegeln sich in dem großen Spiegel, der hinter der Theke an der Wand hängt, und tragen die Drohung eines ungeheuren Chaos in sich, falls auch nur eines der Regalbretter nachgeben sollte. Im Lokal beeilt sich Ben, mit einem Schwamm über die Tische zu wischen, ehe er Gedecke und Papierservietten auflegt und prüft, ob die Ketchupflaschen und die Senfgläser gefüllt und Salz und Pfeffer vorhanden sind. Er schafft etwas Ordnung, indem er die Stühle im gehörigen Abstand an die Tische rückt. Als er damit fertig ist, schlängelt er sich mit einem Besen in der Hand mechanisch zwischen den Tischen hindurch, aber alles ist sauber und sein Übereifer sinnlos, denn seit dem Nachmittag, das heißt, seit seinem letzten Tanz, war kein Gast da. Die Coca-Cola-Reklamen an den Wänden erinnern daran, daß hier beinahe tiefstes Amerika ist. Sie verdienten wirklich, ersetzt zu werden, denn man erkennt mit bloßem Auge, daß sie mit einer dicken Fettschicht bedeckt sind, was in einem Lokal, das als gut geführt gilt, nicht den besten Eindruck erweckt. Ben hat deshalb schon mit Phillies gesprochen, aber wie immer hat sie ihm nur mit halbem Ohr zugehört: Er sollte das Thema wieder auf den Tisch bringen. Plötzlich dringt ein Sonnenstrahl in die Bar und fällt auf das Moleskin. Ben denkt, daß dies einer jener Augenblicke ist, die er besonders mag.

»Wie kommt es, daß du in dieser Ecke bist?«

»Ich habe das Wochenende mit Mama im Haus in Hyannis verbracht. Du weißt, sie ist jetzt allein.«

»Ja, ich habe es erfahren.«

Ja, sie hat von Robert Townsends Tod, »infolge einer langen Krankheit«, wie man es zurückhaltend in den Todesanzeigen der Zeitungen nennt, erfahren ... In den Zeitungen hatte sie gelesen, daß er gestorben ist. Das Foto, das sie brachten und auf dem man die zerknirschte Miene des Staatssekretärs im Finanzministerium sah, war nicht zu übersehen gewesen, als ob die ganze Nation Trauer trage. Robert Townsend war ein hochgeschätzter Mann, vor allem in Boston, Chef der Anwaltspraxis Townsend und Lynch, wichtiges Mitglied des Lions Clubs, Präsident oder Schatzmeister verschiedener karitativer Einrichtungen sowie gefragter Ratgeber innerhalb des Stabs des Bürgermeisters, und sie hat sicher noch manches vergessen. Kurzum, ein unentbehrlicher Mensch: Wie sollten sie alle ohne ihn zurechtkommen? Man mußte die Artikel lesen: eine Sintflut von Ruhmeshymnen, Lobreden ohne Ende, aufrichtiger Kummer. Sie hatten einen Freund verloren. In Wirklichkeit hatten sie vor allem einen großzügigen Spender verloren, einen angesehenen Mann, jemanden, der der Freundschaft ganz einfach Gewicht gab, weil er sie belohnte. Louise hatte Robert Townsend nicht in ihr Herz geschlossen.

Die Antipathie zwischen ihnen hatte sich fast sofort gezeigt. Eine Frage des Milieus, zweifellos. Und der Herkunft. Es wäre ein Euphemismus zu sagen, daß sie weder dieselbe Lebensauffassung noch dieselbe Vision vom Menschen hatten, wenn diese etwas geschwollenen Ausdrücke überhaupt noch eine Bedeutung haben. Er hat sie von vornherein als ein kleines schädliches Tier betrachtet, ein unsolides Mädchen, eine Schauspielerin, man stelle sich das vor! Er verabscheute ihre auffällige Kleidung, ihre immer gute Laune, ihre zu ausholenden Bewegungen und das, was er dahinter vermutete: Leichtsinn, Haltlosigkeit, vielleicht Gewöhnlichkeit. Aber vor allem ertrug er nicht, daß sie einen Einfluß auf seinen Sohn auszuüben schien. Er versicherte, Stephen habe, seit er sie kenne, sein Verhalten »völlig verändert«, er lungere nun in Bars herum, verkehre mit »Theaterleuten«, schlafe nachts zu wenig, vergesse rundweg die unumgängliche Verantwortung, die man von einem Harvard-Abgänger und dem einzigen Erben einer äußerst angesehenen Kanzlei von Wirtschaftsadvokaten erwarte. Schließlich verdächtigte er sie, mit seinem Sohn nur aus egoistischen Interessen zusammenzuleben und hinter seinem Geld her zu sein. Das heißt, er kannte sie wirklich schlecht.

Louise verabscheute seine Arroganz, sein Bedürfnis, bei jeder Gelegenheit seine Macht zu demonstrieren, alle daran zu erinnern, daß er Gutes tat, als ob er es nicht tun würde, um sich zusätzlich Ruhm zu verschaffen, als ob man ihm dafür Dankbarkeit schuldete. Für sie war er nichts anderes, als ein machtbesessener Chef, ein Rechtsanwalt, dessen einziges Bestreben es war, Profite zu machen (warum auch nicht? Aber in diesem Fall sollte man nicht zögern, es zuzugeben), ein gerissener Kerl, der auf Posten aus war, ein Typ, der im Grunde nur sich selbst liebte und dem nichts über sein Ansehen und seinen guten Ruf ging. Sie hatte sich immer von seinem Benehmen, von seiner Überheblichkeit, von der Distanz, die er zwischen ihnen beiden etablierte, von seiner Unaufrichtigkeit, um nicht zu sagen von seiner Scheinheiligkeit, erdrückt gefühlt. Eines Tages hatte sie ihm deutlich gesagt, was sie von ihm und seinem Bostoner Puritanismus hielt. Danach hatten sie sich nie wiedergesehen. Nun ist er tot. Sie ist darüber nicht erleichtert, zumal sie keine Zynikerin ist. Es ist ihr nur egal. Sie wird es Stephen nicht gestehen, denn sie möchte nicht grausam sein, aber genau das würde sie auf die Frage: »Trifft es dich sehr?« antworten. Die Frage wird ihr nicht gestellt werden, und vor allem nicht vom Sohn des teuren Verstorbenen.

Robert Townsend war oft ein Anlaß für Streitigkeiten zwischen Louise und Stephen gewesen. Noch heute legt sich die Erinnerung an ihn trennend zwischen sie. Aus Louises lakonischer Bemerkung muß man entnehmen, daß ihr Groll noch nicht ganz verschwunden ist. Aus Stephens Diskretion darf man gewiß den Wunsch ablesen, keine alten Wunden aufzureißen. Man hält seine Schläge zurück.

Im Phillies läuft alles auf Sparflamme. Die Geräusche sind gedämpft. Man nimmt nichts, oder fast nichts wahr vom Betrieb vor der Tür, von den Überbleibseln des sommerlichen Gedränges, von den letzten Zuckungen eines sonnigen Wochenendes. Die Ruhe drinnen hebt sich ab von dem Lärm draußen. Die Leere der Bar steht in Kontrast zu den vollen Straßen der Nachbarschaft. Aber das ist nun einmal so: Das Phillies liegt ein wenig abseits, die Menschen lehnen es ab, zu gehen, sie ziehen es vor, im Stadtzentrum möglichst nahe bei den Geschäften zu bleiben. Und außerdem hat das Phillies, wie Ben versichert, »seine Stammkunden«, Leute, die unter der Woche kommen. Touristen, was für ein Gesindel! Gut, jetzt, auf der Stelle, hätte er nichts gegen ein oder zwei zusätzliche Gäste. Denn nur mit Louise und Stephen fühlt man sich nun einmal wie in einem minimalistischen Theaterstück ...

»Hat dich Rachel nicht nach Hyannis begleitet?«
»Rachel und ich leben getrennt.«

Diese Nachricht trifft sie wie ein Schlag in die Magengrube, der ihr den Atem nimmt, der sie in die Knie gezwungen hätte, wenn sie ihn im Stehen erhalten hätte. Im Innern ihrer Kehle sucht sie, etwas Luft zu bekommen. Sie fragt sich, ob man sieht, daß ihr Blut in den Schläfen pocht, daß ihr kalter Schweiß über den Rücken läuft, daß ihre Hand, die das Martiniglas hält, so zittert, daß sie das Glas auf der Theke abstellen muß. An dem erschrockenen Blick Bens erkennt sie, daß man es sieht. Sie ist einer Ohnmacht nahe.

Rachel Townsend, geborene Monroe, lebt also getrennt von ihrem Mann. Sie könnte viel erzählen über Rachel, aber bisher hat sie es sich immer verboten, das zu tun. Sie hat sie kein einziges Mal in der Öffentlichkeit erwähnt. Selbst ihre nächsten Freunde haben sie nie ihren Namen aussprechen hören. Sie hat eines Tages beschlossen, sie zum Tabugegenstand zu erheben, ihre Existenz unter einem bleiernen Deckel zu verschließen, und sie hat sich mit beispielloser Strenge daran gehalten. Selbst Ben gegenüber hat sie nie die geringste vertrauliche Bemerkung gemacht.

Tief in ihrem Innern weiß sie, daß dieses Schweigen für sie unbedingt notwendig war und sie nur dadurch dem puren Wahnsinn entkommen konnte.

Sie war Rachel gleich zu Beginn ihrer Beziehung mit Stephen vorgestellt worden. Rachel war eine Bekannte aus Harvard, die Tochter eines Bankiers der Stadt, Stephens Double in punkto strenger Erziehung, raffinierter Eleganz, unzweifelhaftem Charme, gesichertem Vermögen, angeborener Intelligenz, mittelmäßigem Humor. Sie war rasch eine Freundin des Paars und ein ständiger Gast im Appartement in der Union Street geworden. Louise erinnert sich, daß sie oft mit ihr shoppen gegangen ist und ihr ihre kleinen Geheimnisse anvertraut hat, wie dies offenbar nur unter Frauen üblich ist, ihr ihre Zweifel, ihre Qualen, ihre Hoffnungen, sei es in Bezug auf das Theater, ihren Geliebten oder das Leben im allgemeinen verraten hat. Sie hatte in keinem Moment in Betracht gezogen, daß Rachel eine Rivalin sein könnte.

Selbst nach so vielen Jahren ist sie noch fassungslos darüber, daß sie nicht bemerkt hat, wie Rachel sich zwischen sie schob, daß sie nicht den Scharfblick und die Weitsicht besessen hat. Hinterher ist das natürlich leichter. Man erinnert sich an Nebensächlichkeiten, die einen neuen Sinn bekommen, an Telefongespräche im Flüsterton, an Türen, die geschlossen werden, an Polospiele, zu denen sie nicht eingeladen wurde oder die als Erklärung für seine Abwesenheit im Büro dienten. Wie hatte es passieren können, daß Rachel sich zwischen sie drängte? War sie zu tolerant, nur naiv oder einfach leichtsinnig gewesen? Von allem ein wenig, zweifelsohne. Tatsächlich hegte sie in jener Zeit keinerlei Argwohn, sie hatte Vertrauen.

Eines Tages ist Rachel an ihrer Stelle Frau Townsend geworden.

Wenn sie sich nicht verändert hat, muß sie immer noch eine sehr verführerische Frau sein, mit langen, schwarzen lockigen Haaren, schwarzen Augen, einer stolzen Kopfhaltung, üppigen Brüsten, endlos langen Beinen und dieser wahnsinnigen Selbstsicherheit, dem eroberungslustigen Gang, der unglaublich stattlichen Erscheinung, dem auf Wirkung bedachten Auftreten. Stephen hat keine schlechte Wahl getroffen, was die äußere Erscheinung betrifft. Man muß annehmen, daß die äußere Erscheinung nicht ausreicht.

Louise würde gerne fragen, wie es zu der Trennung kommen konnte, was geschehen ist. Louise wird von Neugier und dem Wunsch geplagt, mehr darüber zu erfahren, die Einzelheiten zu hören, aber sie ahnt, daß dies Fragen sind, die man nicht stellt, oder vielmehr Fragen, die zu stellen sie nicht das Recht hat. Sie zieht es vor zu schweigen. Sie denkt, Stephen werde schon noch reden.

Stephen meint, er habe das Schwierigste hinter sich. Als er die Bar betrat, als er sich grundsätzlich darauf einließ, dort Louise zu treffen, war ihm klar, daß es unvermeidlich sein würde, ihr seine Trennung von Rachel zu gestehen. Es war ihm ebenfalls klar, daß dies wie eine Schwäche klingen würde, weil er ein Scheitern zugab, das Louise ihm vorausgesagt hatte. Jetzt hat er es hinter sich: Sie hat ihren Triumph, denn er hat seine Niederlage eingestanden. Er ist froh, daß es gutgegangen ist, daß Louise keine Siegesfreude an den Tag gelegt hat, was der in all den Jahren angesammelte Groll gerechtfertigt hätte, was ihre legendäre Gutmütigkeit jedoch a priori ausschloß. Er ist trotzdem verwundert, daß sie keine Bemerkung gemacht, keine Fragen gestellt hat. Er sagt sich, daß das später kommen wird.

Auch Ben ist erstaunt. Zunächst über die Neuigkeit der Trennung. Aber ebenso über die Gleichgültigkeit, die das absichtliche Schweigen Louises nach den ersten panischen Momenten zu demonstrieren versucht. Und er ist gleichzeitig zufrieden: zunächst, weil er Rachel nie wirklich gemocht hat, die er für eine eingebildete Gans und eine Ehebrecherin hielt, dann, weil er sich über die kleinlaute Miene Stephens freut und schließlich, weil das entsetzte Schweigen Louises gut in einem kaum zu verbergenden offenen Lächeln enden könnte.

Plötzlich, wie in einem Pendeleffekt, erinnert sich Louise an Norman, weil sie sich Rachel vergegenwärtigt. Sie zieht es vor, keine Zeit damit zu vergeuden, diese gedankliche Verbindung zu interpretieren. Sie vermutet, daß sie das zu weit führen würde. Sie sammelt ihre Gedanken: Wenn Norman sie jetzt trifft, wird er zwangsläufig Stephen begegnen. Eine solche Situation hat sie sich offensichtlich noch nie vorgestellt. Und jetzt, in diesem Augenblick, fühlt sie sich wirklich nicht in der Lage, eine solche Konstruktion zu entwerfen. Sie fragt sich lieber, was Norman wohl macht. Warum ruft er nicht an? Sie erwägt, ihn auf seinem Telefon zu erreichen, aber sie läßt den Gedanken sofort wieder fallen, denn er hat sie darum gebeten, dies nicht zu tun, ihn nicht zu stören, so lange er noch nicht fertig sei. »Ich werde dich anrufen.« Das hatte er zu ihr gesagt. Sie ist eine gehorsame Geliebte.

Trotzdem wäre sie froh, wenn ihr Handy klingeln würde. Dann wüßte sie endlich, wie die Sache gelaufen ist und was sie beide von nun an erwartet. Außerdem wäre eine Ablenkung hochwillkommen. Denn in der Tat, wie reagiert man auf die Nachricht der Trennung des renommierten Ehepaars Townsend? Man sollte annehmen, eine Autorin von Theaterstücken kenne die Antwort auf diese Art von Fragen.

»Wie hast du dich nach Chatham verirrt? Es liegt nicht auf dem direkten Weg von Hyannis nach Boston ...«

»Nein, ich habe einen Umweg gemacht.«

Sie kennt ihn, diesen berühmten Umweg. Sie haben ihn zusammen viele Male benutzt. Wenn sie Sonntagabends vom Haus in Hyannis, das Stephens Eltern ihm meistens zur Verfügung stellten, nach Hause fuhren, schlugen sie einen Bogen über Chatham, das sie unmittelbar nach dem Beginn ihrer Beziehung entdeckt hatten. Sie waren rein zufällig dorthin gelangt. Noch heute könnte sie kaum sagen, was sie damals in dieses Nest geführt hat. Aber sie erinnert sich daran, daß sie beide von der Häßlichkeit des Orts und seiner absoluten Gewöhnlichkeit überrascht gewesen waren. Ja, diese am Profit orientierte Unordnung, diese Aneinanderreihung von Boutiquen, Restaurants, Gebäuden, dieser von Baufirmen und kleinen Händlern verunstaltete Zipfel Paradies am Rand des Ozeans war ihnen ins Auge gesprungen. Und dann hat sie diese Häßlichkeit im selben Moment, ohne daß sie wußten warum, gerührt. Ohne sich darüber verständigt zu haben, hatten sie dieselbe Regung: Sie liebten Chatham, gerade wegen seiner Mißgestalt, die eine Art Authentizität darstellte, so, als wäre die Gewöhnlichkeit der Stadt auch ein Symbol für ihr Amerika. Sie fühlten sich zu Hause. Etwas später, als sie zu der schwindelerregenden Steilküste unterwegs waren, hatten sie das Phillies entdeckt. Sie betraten die Bar, und plötzlich war es ihre Bar. An dem Tag trat ein neuer Kellner seinen Dienst an. Er war am Abend zuvor eingestellt worden. Das war Ben.

»Ein verdammter Umweg, oder?«
»Wem sagst du das. Hier trifft man sich nicht zufällig.«

Louise kennt Stephen. Er spräche einen solchen Satz nicht aus, wenn er nicht beabsichtigte, damit mehr zu sagen. Er war immer durchschaubar für sie, einschließlich seiner Verschleierungsversuche, seiner Lügen, seiner Arrangements mit der Wirklichkeit. Sie ist in der Lage, die Momente, in denen er es ernst und die, in denen er es weniger ernst meint, genau zu unterscheiden, sie kann sagen, wann er etwas erreichen will, wann er übertreibt. Sie kennt sein Augenrollen, sein Schulterzucken, jeden Tonfall seiner Stimme auswendig. Sie haben fünf Jahre zusammengelebt: Das hilft mit Sicherheit.

Im Grunde hat sie ihm alles angemerkt, außer Rachel.

4

»Ich dachte, daß du vielleicht hier sein würdest, daß du deine Gewohnheiten sicher nicht über den Haufen geworfen hast. Wohlgemerkt, ich war mir nicht sicher, aber ich hoffte es. Ich sagte mir, wenn ich dich im Phillies antreffen würde, dann hättest du dich nicht verändert.«

Er ist gekommen, um sie zu sehen. Genau das will er ihr zu verstehen geben. Er hat den Umweg nur deshalb gemacht, um sie zu sehen. Er hat nicht telefoniert oder einen Brief geschickt, er hat einfach seinen Wagen genommen und ist, ohne sich vorher zu vergewissern, ins Phillies gekommen, an diesen Ort am Ende der Welt, wo man eines Tages nur noch ein paar Spinner antreffen wird, die vorhaben, sich von den Klippen zu stürzen. Er hat den Weg ihretwegen gemacht.

Sie ist fraglos gerührt von dieser Enthüllung, auf die sie nicht gefaßt war. Ja, in ihrer ersten Reaktion ist sie bewegt. Wenn sie sich, gegen ihren Willen, in der Einsamkeit des Einschlafens diesen Augenblick der Wiederbegegnung vorstellte, an Tagen, wo sie entgegen aller Wahrscheinlichkeit daran glaubte, daß sich dies vielleicht einmal ereignen könnte, war sie sich nie völlig sicher gewesen, ob sie dann bewegt sein würde. Fassungslos, ja, ohne Zweifel. Vielleicht auch etwas ärgerlich, denn sie hatte es ihm sehr übel genommen, und das sehr lange Zeit. Aber das war vergangen, diese nächtlichen Träumereien und mit ihnen auch die selbstquälerischen Fragen und die Wut. Und nun ist sie gerührt und ganz aufgewühlt, weil Stephen ihr sagt, daß er gekommen ist, um sie zu sehen.

Und doch müßte sie sich eine Frage stellen. Sie führt ein ausgeglichenes Leben, sie verbringt ihre Zeit mit der Ausübung eines Berufs, der ihr gefällt und in dem sie erfolgreich ist, sie hat einen sehr netten und schwierigen Geliebten, sie wohnt am Rand des Atlantiks. Wie kann es sein, daß die Rückkehr einer alten Liebe von vor fünf Jahren, die gewissermaßen tot und in ihrer Erinnerung begraben war, eine solche Wirkung auf sie ausübt?

Sie hat gezittert, während er seine Tirade von sich gab. Und auch jetzt zittert sie noch. Sie hofft, daß man das wenigstens nicht zu sehr bemerkt, daß das lächerliche Bild nicht ins Groteske umschlägt. Sie erweckt den Eindruck eines jungen Mädchens, einer leicht beeindruckbaren Halbwüchsigen, während sie sich manchmal, aber immer diskret, beklagt, bald ihren fünfunddreißigsten Geburtstag zu feiern. Obwohl sie weiß, daß gewisse Wunden nicht verheilen, wie es in den Novellen heißt, die für die Leserinnen von *Together* geschrieben werden, erschrickt sie doch, als sie ihre eigene Verwundbarkeit feststellt.

Stephen findet, dieses Geständnis sei alles in allem einfacher gewesen als das erste. Zugegebenermaßen, angenehme Dinge zu sagen fällt leichter, als Irrtümer einzugestehen. Es stimmt, daß er den Umweg gemacht hat, um sie zu sehen. Und so merkwürdig das auch scheinen mag, er war überhaupt nicht erstaunt gewesen, als er, nachdem er seinen Wagen an der Küstenstraße geparkt hatte und auf die

Glasfront vom Phillies zugegangen war, dort Louise von hinten auf einem Hocker, auf die Bar gestützt, in lässiger Unterhaltung mit Ben gesehen hatte. Er hat die beiden einige Minuten lang beobachtet, ehe er sich entschloß, die Tür aufzustoßen. Voll Glück hat er die alten Gesten des Kellners, der gerade seine Gläser trocknet, aber vor allem die Art und Weise, mit der Louise Rouge auf ihre Lippen aufträgt, wiedergefunden. Er hatte das Gefühl, das immer gekannt und die Bar erst gestern abend verlassen zu haben. Die Dauerhaftigkeit der Dinge hat ihm Mut eingeflößt. Es ist seltsam: Er hätte gewettet, daß Louise da sein würde.

Und es stimmt, sie hat sich nicht verändert, es ist erstaunlich: In ihrem roten Kleid bleibt sie die, die er gekannt hat. Sie ist nicht sehr gealtert, reifer geworden, vielleicht. In Wirklichkeit war sie schon zu dem Zeitpunkt, als er sie kennenlernte, eine gefestigte Frau. Diese Festigkeit ist etwas, das man fürs ganze Leben in sich trägt, das einem ein für allemal Haltung und Gewicht gibt. Er könnte fast sagen, sie sei wahrlich eine Frau. Sie hat ihre Haare ein ganz klein wenig aufgehellt, und das steht ihr gut. Es war richtig von ihm, den »Umweg« zu machen.

Das Lächeln ist heil geblieben. Das leichte Lächeln. Das ist etwas, das sich nicht abschleift.

Ben sinnt darüber nach, daß es Worte gibt, die sich heute schwer aussprechen lassen und die zu einer anderen Zeit harmlos geklungen hätten. Die heftigsten Liebesbeziehungen müssen neue Nahrung bekommen, wenn sie abgerissen waren. Man muß den ganzen Weg noch einmal zurücklegen, wenn man sich davon hat abbringen lassen, muß wieder bei Null anfangen, wenn man das Spiel, und sei es nur einmal, verloren hat. Ben ist überrascht über die Zaghaftigkeit der beiden, über ihre Scham, über ihre große Schwierigkeit, ein Gespräch anzuknüpfen oder auch nur ihrer Stimme den richtigen Klang zu geben, wo sie sich doch so nahestanden, wie es nur Liebende tun, wo sie wirklich alles vom anderen wissen, wo ihnen nichts unbekannt ist. Er ist verblüfft über ihre Reserviertheit und ihre Zurückhaltung, die Hilflosigkeit auszudrücken scheinen. Er ist gerührt über ihre Verwirrung, während er ihre Versuche, die Gesten wiederzuerlernen, sich der Vergangenheit wieder zu bemächtigen, beobachtet. Er denkt an den Abstand, den die Menschen zwischen sich errichten, den die Zeit bewirkt, an die Abgründe, die sich auftun, ohne daß man weiß, wie man sie wieder zuschütten soll und welche Anstrengungen dies erfordern wird. Er sieht sie beide zum erstenmal zittern. Sie haben das weiße Glühen von Phantomen an sich.

»Es ist nett, die Dinge so auszudrücken, aber gib zu, daß es etwas verwunderlich ist, nach so langem Schweigen.«

Wirklich, das Schweigen hat lange gedauert. Wie würde Louise es genau nennen? Ein totales, ein abgrundtiefes, ein spektakuläres? Im Grunde bedeuten die Adjektive wenig. Sie weiß nur, daß nichts dieses Schweigen übertreffen kann.

Aber was ist eigentlich daran so erstaunlich? Sie haben sich mit dem Schwur verlassen, nie zu versuchen, sich wiederzusehen. Oder genauer, sie hatte ihm befohlen, nie zu versuchen, sie wiederzusehen. Als die Trennung endgültig feststand, das heißt ausgesprochen war, galt es, unverzüglich an die Zeit danach zu denken. Sie wußte, in welchem Maß Stephen immer bemüht ist, es sich mit keiner Seite zu verderben, und wie er gleichzeitig hofft, die verschiedenen Interessen unter einen Hut zu bringen und die Zukunft nicht zu beleidigen. Er hätte es natürlich gerne gehabt, daß sie sich weiterhin sehen und besuchen. Er wäre, wenn nötig, so weit gegangen, zu behaupten, man könne sehr gut befreundet bleiben, nachdem man ein Liebespaar gewesen ist, man könne ohne weiteres ein neues Band erfinden, nachdem man einander gehört hat. Louise ist nicht die Art Frau, die so etwas glaubt. Sie ist der Ansicht, daß eine Geschichte, wenn sie einmal zu Ende ist, wirklich zu Ende ist und keine Hoffnung auf ein erneutes Aufflammen, keine Möglichkeit eines Wiederbeginns besteht. Deshalb hat sie damals die Konsequenz aus ihren Überlegungen gezogen und die Beziehung vollständig und endgültig gelöst. Sie hat Arrangements, Bedenkzeiten, Illusionen abgelehnt. Sie hat einen explosionsartigen Schmerz einem endlosen Todeskampf, den geballten Kummer einer in Phasen wiederkehrenden Traurigkeit vorgezogen. Er hat gekämpft, natürlich, hat versucht, sie zu überzeugen, daß sie sich täusche, daß ihre Kompromißlosigkeit etwas Exzessives und Gefährliches an sich habe, daß sie intelligente und vernünftige Menschen seien, fähig, den Dingen Rechnung zu tragen. Sie hat trotz ihrer Verletzung standgehalten, sie hat ihm nicht zugehört. Sie ist sogar so weit gegangen, ihm zu schwören, daß sie ihm, falls ihn eines Tages die Lust befiele, erneut an ihrer Tür zu klingeln, diese vor der Nase zuschlagen würde, wortlos, ohne Bedauern, ruhig, aber unerbittlich.

Damals hatte sie sich nicht vorgestellt, daß sie sich fünf Jahre später wiedersehen würden, und daß sich das in einer Bar zutragen würde, an einem Spätnachmittag. Es hat sich nicht so ereignet, wie sie sich gedacht hatte. Nur das Schweigen.

Das Schweigen war auch eine Art, der Verzweiflung zu begegnen, sie beherzt anzupacken, ohne ihr auszuweichen. Keine Homöopathie, eine Pferdedosis. Schmerz mehr in Form einer Infusion als in Tablettenform. Sie dachte: Da alles zerstört ist, da alles, auch der letzte Funken Hoffnung, verschwunden ist, da ich mich in der totalen Einsamkeit, im größtmöglichen Zustand des Entzuges befinde, genügt es von nun an, nach vorn zu schauen, nur nach vorn. Wenn sie eingewilligt hätte, weiterhin mit ihm zu verkehren, dann hätte sie nicht jeder Hoffnung entsagt, und sie hätte entsetzlich darunter gelitten, ihn ganz in ihrer Nähe zu wissen, ohne daß er ihr gehören konnte, darunter gelitten, ihn zu einer anderen zurückkehren zu lassen und jeden Tag mehr zu ermessen, was sie verloren hatte, ohne in der Lage zu sein, was noch schlimmer gewesen wäre, sich für einen neuen Mann bereit zu halten. Das Verstummen war ihre Art gewesen, Trauerarbeit zu leisten, ein für allemal mit der Vergangenheit abzuschließen. Sie glaubt, daß sie bis zum äußersten gegangen ist im Leiden an der Liebe.

Dieses Verstummen hat sie allen, die sie umgaben, auferlegt. Eines Tages, kurz nach der Trennung, hatte sie erklärt: Wir werden keine Anspielung mehr auf Stephen machen, nicht die geringste. Sie hat beschlossen, daß dies in Zukunft kein Gesprächsgegenstand mehr sein würde, daß denen, die ihr nahestehen, einfach untersagt sei, davon zu sprechen, von ihm zu sprechen. Ausnahmslos haben sich alle daran gehalten. Konnten sie wirklich anders handeln? Sie hätten mit Bestimmtheit ihre Freundschaft aufs Spiel gesetzt, wenn sie die Regel, die Louise aufgestellt hatte, nicht eingehalten hätten, und das wußten sie. Sie schwiegen aus Feigheit, aus Barmherzigkeit, aus Gefälligkeit.

Ja, ihre Freunde hatten mit Stephen Townsend für immer gebrochen. Immerhin war der junge Mann jahrelang Teil auch ihres Lebens gewesen. Im übrigen war Stephen vor der Trennung so präsent, daß sie Louise nur noch in Verbindung mit ihm erwähnten. Alle redeten von »Louise und Stephen«, ohne die beiden noch zu unterscheiden oder zu trennen. Und da bat man sie plötzlich inständig, auf die eine Hälfte dieses Paars, auf dieses schon legendäre Duo zu verzichten und nur noch die weibliche Hälfte zu behalten. Keiner ist das Risiko eingegangen, weiterhin mit Stephen zu verkehren. Einige hätten es trotzdem versuchen können. Das Gebot des Schweigens hätte man, auch wenn man die Verbindung mit dem verschwundenen Geliebten aufrechterhalten hätte, befolgen können, aber alle waren, ohne viel nachzudenken, zu dem Schluß gekommen, daß dies zweifellos unmöglich wäre, und da man sie nachdrücklich bat, sich für eine Seite zu entscheiden, haben sich alle ohne Wenn und Aber daran gehalten.

Sie spielt die Anstrengung nicht herunter, die sie ihnen abverlangt hat, zu der sie sie gezwungen hat. Selbstverständlich war ihr Diktat maßlos, aber sie ist überzeugt, daß dies der Preis war, den sie zahlen mußte, um am Leben zu bleiben. Sie glaubt, ohne dieses Schweigen wäre sie gestorben.

Sie weiß besser als irgend jemand, was es bedeutet, darauf verzichten zu müssen, die Hälfte eines Paars zu sein, nie mehr den Vornamen des anderen in Verbindung mit dem eigenen zu hören, auf die Postkarten aus den Ferien nur noch eine, die eigene Unterschrift zu setzen, sich zu versagen, an die Orte zurückzukehren, die man zu zweit gekannt hat, bestimmte Möbel wiederzukaufen, die der andere mitgenommen hat, zufällig auf Sachen zu stoßen, die dem anderen gehören und die er bei seinem überstürzten Aufbruch vergessen hat. Sie glaubt, ihr Schmerz rechtfertige dieses Opfer.

Stephen hingegen befürchtete, daß Louise von diesem schrecklichen Begriff »Schweigen« Gebrauch machen könnte. Er ahnte, daß er wahrscheinlich damit konfrontiert würde. Er vergißt nicht, daß sie es war, die sie beide dazu verdammte – wie könnte er das vergessen? –, aber er kann nicht leugnen, daß er dieses Versprechen gerade gebrochen hat. Reichen fünf Jahre, um eine Verpflichtung dieser Art verjähren zu lassen? Er hat die Schwäche, es zu hoffen. Natürlich begreift er, wieviel Vorwürfe, Groll, Rachegefühle, Kummer, Qualen dieses Verstummen beinhaltet. Er vergißt nicht, daß er an Stelle des Schweigens und als Ersatz Rachel hatte. Louise hatte nichts, niemanden. Er gibt unumwunden zu, daß er zur Zeit des Bruchs die schlechte Rolle, aber den besseren Part hatte.

Er hat sich auf seine Weise an das Schweigen gewöhnt, indem er zu anderen Dingen überging, indem er sich mit gesenktem Kopf auf seine neue Existenz konzentrierte. Er hat es wie alle Menschen gemacht, die sich nicht völlig sicher sind, die rechte Wahl getroffen zu haben: Er hat übertrieben, er hat sich dieser Wahl gerühmt, er hat alles getan, um zu beweisen, daß er sich nicht getäuscht hatte. In Wirklichkeit wollte er sich damit nur selbst überzeugen. Und dann, er gibt es zu, hat Rachel es ausgezeichnet verstanden, die Situation zu nutzen, sie hat ihren Triumph bemerkenswert gut beherrscht, indem sie vermied, ihre Vorgängerin schlecht zu machen, indem sie diese nie erwähnte, auch nicht unfreiwillig, und für ihn einen ganz neuen Lebensstandard erfand, damit er in der Lage wäre, den Unterschied und das, was er gewonnen hatte, richtig zu schätzen. Es hatte ihr keine Schwierigkeiten bereitet, ihn der Routine zu entreißen, in die Louise und er nach fünf gemeinsamen Jahren unvermeidlich gefallen waren, ihm auf einem Silbertablett eine friedliche Beziehung zu servieren, während die, die er mit Louise unterhalten hatte, manchmal explosiv, stürmisch, chaotisch gewesen war. Sie gab ihm eine Art von Geborgenheit, erlaubte ihm, Kraft in ihrer Kraft zu schöpfen. Sie gab ihm Ruhe: Letzten Endes wollte er nichts anderes.

Er führt sein Glas an die Lippen, man hört nur das Geräusch der Eisstücke, die aneinanderklirren, er trinkt einen Schluck Whisky. Sein Adamsapfel hüpft auf und ab. Man vernimmt nur noch dieses charakteristische Schluckgeräusch eines Mannes.

5

Ben ist an eines der Fenster getreten, die sich zum Atlantik hin öffnen. Von dort aus betrachtet er nebenbei die Schiffe, die in der Bucht kreuzen und die, die in den Hafen zurückkehren. Es ist ein Schauspiel, das er kennt, dem er keine Beachtung mehr zu schenken braucht, aber das noch immer seine Bewunderung erregt, wie der Anblick des Weihnachtsbaums das Erstaunen der Kinder. Ja, es ist ein Kindheitsstaunen. Mit der Zeit hat er gelernt, bestimmte Boote zu unterscheiden, von der Yacht der Dawsons beeindruckt zu sein, sich über das Scheppern des Schlingerkahns des alten Carter zu amüsieren, die Präzisionsmechanik des Außenbordmotors von Ted Jackson zu bewundern. Das Wissen, daß dies seine Welt ist, auch wenn er kein Mann der See ist, heitert ihn auf. Er gehört zu dieser Küstengesellschaft, er hat seinen Platz unter den Menschen von Cape Cod. Gewiß, er ist kein Milliardär, er besitzt nichts, aber er fühlt sich dieser Gemeinschaft zugehörig, und keiner seiner Nachbarn, egal welcher Gesellschaftsschicht er angehört, würde ihm diese Zugehörigkeit streitig machen. Die Sonne steht noch ziemlich hoch, obwohl es schon spät ist, aber diese Illusion wird nicht mehr lange dauern. Bald wird sie schräg einfallen und dort hinten im ruhigen Atlantik untergehen.

Ben wirft von Zeit zu Zeit einen kurzen Blick in den Saal: Er tut so, als sähe er die beiden Raubtiere nicht, die sich, auf ihren Hockern sitzend, die Ellbogen auf der blanken Theke aufgestützt, belauern, als bereiteten sie sich auf einen Angriff oder eine Umarmung vor. Er beobachtet sie, ohne es zu erkennen zu geben, und er findet ihre frühere Vertrautheit wieder, die Körperhaltung, die sie auf den ersten Blick kennzeichnet, diese Nähe, die er an ihnen gekannt hat, diese Art, sich dem anderen zuzuwenden, die ebenso Hingabe wie Mißtrauen, ebenso Kapitulation wie Anspruch auf Freiheit ausdrückt. Ihre Gesichter könnten sich streifen, aber es ist, als ob sie einander ignorierten. Ihre Hände könnten sich vereinigen, aber sie entscheiden sich, bewußt oder unbewußt, für die Unbeweglichkeit, ihre Haut könnte sich berühren, aber sie geben acht, daß es nicht geschieht, vor allem keine falsche Bewegung. Und im Grunde verhielten sie sich, auch als sie noch zusammenlebten, genauso, immer kurz davor, sich zu umschlingen, und immer bedacht auf ihre Unabhängigkeit. Es stimmt, sie haben sich nicht verändert, sie gleichen denen, die sie damals gewesen sind. Ben verläßt sie, um sich wieder dem Atlantik zuzuwenden.

»Glaubst du, es war falsch von mir? Falsch, zu kommen, meine ich.«

»Ich weiß nicht. Wie soll ich das wissen?«

Selbstverständlich weiß sie es nicht. Die Frage nach seinem Kommen, seinem Wiederauftauchen hatte sie sich nie bewußt gestellt. Sie hätte sich dem zweifellos widersetzt. Sie hatte wirklich nicht geglaubt, daß Stephen Townsend eines Tages wieder vor ihr stehen könnte. Seit Jahren lebt sie ohne ihn. Mehr als das, sie lebt außerhalb von ihm. Seine Abwesenheit hat sogar eine Körperlichkeit angenommen, es ist etwas, das sie sieht, das sie betrachtet, wie man einen Gegenstand betrachtet, das sie beiseite gestellt, neben sich gestellt hat, das eine Gestalt, ein Wesen hat, und das einzuschränken und jeden Tag weiter von sich zu entfernen sie sich bemüht hat. Es ist zu einem kleinen Punkt geschrumpft, den sie kaum mehr wahrnimmt, der ihr an bestimmten Abenden ins Auge springt, den sie aber wochenlang ignorieren kann. Sie hat versucht, ihn einzugrenzen, ihn zu beherrschen, ihn zu fassen, und es ist ihr fast gelungen. Und nun ist er da, vor ihr, dieser winzige Punkt und wächst, und nimmt seine anfängliche Größe an, nun bewegt er sich wie ein Kind im Bauch der Mutter und gewinnt ein Eigenleben, nun entwischt die Abwesenheit, wie das Monster von Doktor Frankenstein, ihrem Schöpfer und besteht wieder auf ihrer Anwesenheit, nun nimmt Stephen wieder seinen Platz ein. Nein, darauf war sie bestimmt nicht gefaßt.

Sie ist also nicht fähig, auf seine Frage zu antworten. Um Antworten zu geben, muß man zumindest darauf vorbereitet sein, daß bestimmte Fragen eines Tages gestellt werden könnten. Wenn man ihr also zubilligt, daß sie seine Rückkehr nicht vorausgesehen hat, dann liegt es auf der Hand, daß sie unmöglich in der Lage ist zu sagen, ob Stephen recht hat oder nicht. Louise ist bereit, über die Frage nachzudenken, vor die man sie stellt, aber sie braucht Zeit. Sie braucht Ruhe, um sich diese Frage zu eigen zu machen, um ganz einfach Ordnung in ihre Gedanken zu bringen. Im Augenblick zieht sie es vor, ausweichend zu antworten, Stephen zu enttäuschen, aber das Schweigen ist mehr wert als eine Annäherung, nicht wahr? Und die Ungewißheit ist der Lüge vorzuziehen, oder?

Er bereut die Frage, kaum daß er sie gestellt hat. Offensichtlich sind seine Repliken heute nicht besonders glücklich. Es ist ihm vollkommen bewußt, daß er Louise nicht brüskieren darf, daß dies das sicherste Mittel ist, sie dazu zu bringen, sich wieder in ihr Schneckenhaus zurückzuziehen. Und da fällt ihm nichts Besseres ein, als sie nach dem Zweck ihrer Wiederbegegnung zu fragen! Wirklich, manchmal könnte er sich ohrfeigen. Er, dessen Beherrschung und dessen diplomatisches Vorgehen gerühmt werden, ist imstande, eine so enorme Ungeschicklichkeit, ein so bestürzend hilfloses Verhalten an den Tag zu legen. Es mag zu seiner Entlastung dienen, daß es für ihn tatsächlich nicht unwesentlich ist, die Antwort auf die gestellte Frage zu erhalten. Wenn Louise wirklich meint, daß er hier nichts zu suchen hat, daß seine Rückkehr eine Provokation ist, oder ein Irrtum, dann wäre es ohne Zweifel sinnlos, die Unterhaltung fortzusetzen. Es ist nicht seine Art, Wurzeln zu schlagen. Er ist manchmal unbeholfen, aber er gibt sich zumindest Mühe, nicht unelegant zu sein. Für den Moment ist dies fehlgeschlagen: sie wird nicht antworten. Er versucht jedoch, die bloße Tatsache, daß sie ihn nicht abgewiesen und hinausgeworfen hat, als ein Hoffnungszeichen und eine gute Neuigkeit auszulegen. Er weiß, wie sehr sie gelitten hat, er hört noch die Vorwürfe, die sie ihm gemacht hat: Sie hätte allen Grund, sich daran zu erinnern und jeden Gedanken an einen Dialog mit ihm abzulehnen. Daß er noch immer im Phillies ist, heißt, daß sie ihn nicht völlig verabscheut und daß sein guter Stern ihn nicht verlassen hat.

»Entschuldige: Es war zweifellos eine unpassende Frage ...«

»Zweifellos.«

Sie läßt ihm nichts durchgehen. Sie bleibt auf der Hut, mißtrauisch, wachsam. Sie ist keine der Frauen, die sich aus einer plötzlichen Anwandlung heraus öffnen. Oder vielmehr, sie ist es nicht mehr. Sie hat gelernt, es nicht zu sein. Sie hat es auf brutale Weise gelernt. Sie hat ihre Lektion behalten. Seither wirft man ihr regelmäßig ihre Kälte vor, ihre Distanziertheit, ihre Unfähigkeit, sich ganz hinzugeben, diese Art, sich zu isolieren, die selbst die Gutwilligsten entmutigt. Sie macht die Schriftstellerei dafür verantwortlich. Sie behauptet, man müsse ganz bei sich sein, um zu schreiben, das lasse nicht viel Raum für die anderen. Sie schiebt ihren Beruf vor, um ihre Einsamkeit zu erklären. Gibt es ein einsameres Tun als das Schreiben? Sie weiß genau, daß sie lügt. Aber die anderen glauben ihr. Zumindest geben sie es vor.

Nein, sie will nicht, daß Stephen denkt, es werde leicht für ihn sein, er brauche nur aufzukreuzen und »Guten Tag, hier bin ich« zu sagen, und alles sei wieder wie früher, alles sei wieder so, als wäre nichts gewesen, als habe es keine unsäglichen Enthüllungen, keine schmerzlichen Erklärungen, keine Tränen, keine Schreie und Anschuldigungen gegeben, als habe es keine Leiden, keine Leere, keine Qual und keine Wut gegeben, als habe es keine Fehler, keine Irrtümer, keine verzweifelten Abende und keine fast unüberwindlichen Morgen gegeben. Er kann nicht damit rechnen, dies alles auszulöschen, dessen Ursache einzig und allein er ist, er kann nicht auf Absolution, auf Verzeihen, auf Vergessen hoffen. Das wäre ungerecht. Um es klar zu sagen, das hieße nach Louises Meinung, eine Prämie auf die Boshaftigkeit auszusetzen, den Verrat zu belohnen. Sie ist unfähig zu einer derartigen Milde, die sie als Gefälligkeit betrachten würde. Ihrer Meinung nach gibt es keine hassenswertere Haltung als Gefälligkeit.

Sie glaubt, daß sie sich, wenn auch nicht in einer starken Position, so doch in einem Beobachtungs- und Wartezustand befindet. Sie hat um nichts gebeten, sie hat nichts unternommen, keinen heimlichen Wunsch geäußert. Sie hat ihr Schweigen mit einer Konsequenz bewahrt, die Bewunderung verlangte, wenn Konsequenz bewundernswert wäre. Schließlich ist es Stephen, der eine Geste macht, der auf sie zukommt. Sie willigt ein, ihn auf sich zukommen zu lassen. Mehr kann man im Augenblick nicht von ihr verlangen. Und außerdem ist es in ihrem Sinn, ihm die Dinge nicht leicht zu machen. Es gibt Revanchen, die man sich nicht verbieten sollte, vor denen man sich nicht schämen sollte. Es gibt kleine Racheakte, die Trost spenden.

Die Sonne auf der anderen Seite der Bucht hält sich noch immer. Sie scheint länger als gewöhnlich am Himmel bleiben zu wollen. Man hat sich eigentlich schon an die Abende gewöhnt, die nach Herbst riechen, an die Tage, die kürzer werden, an die Kühle, die rascher kommt, aber im Moment scheint es, als sei noch Sommer, als sei das Licht noch strahlend und warm, als leuchtete der Widerschein auf dem Meer noch immer mit aller Kraft. Als ob der Septembersonntag einen letzten Versuch unternähme, den scheidenden Sommer aufzuhalten.

»Wenn du möchtest, daß ich gehe, brauchst du nur ein Wort zu sagen, das weißt du. Wir beide kennen uns zu gut, um uns etwas vorzuspielen, meinst du nicht?«

Das ist also sein neuester Trumpf, den er aus der Tasche zieht: diese verhüllte Drohung, diese Erpressung, die ihren Namen nicht verdient, eine Herausforderung, die er ihr entgegenschleudert. Und natürlich bedient er sich einer absoluten, unübertrefflichen Gemeinheit: Er bittet sie, die Entscheidung zu treffen, er befiehlt ihr zu wählen. Er stellt sie vor seine Verantwortung, vor sein Begehren. Darin sind Männer manchmal besser als Frauen. Wenn Männer beschließen, mit ihrem Verlangen nach ihnen zu spielen, wenn dieses Begehren ihnen die Idee eingibt, sie zu nötigen, dieses Verlangen zu akzeptieren, es auszusprechen, sind sie unschlagbar. Ihre Macht ist in diesem Fall unvergleichlich groß. Sie lieben es über alles, die Frauen zu zwingen, ihre eigenen Wünsche zu bekennen und zu enthüllen. Sie tun dies deshalb, weil sie genau wissen, daß sie nichts riskieren, daß das Geständnis unvermeidlich ist. Männer haben die Gabe, Frauen ihre Unterlegenheit und Abhängigkeit spüren zu lassen. Dieses Wissen, das niemand in Frage stellt, haben sie seit Ewigkeiten. Sie handeln mit einer Naivität, die niemanden täuscht, mit einer scheinbaren Unschuld, die ihre Schuld nur schlecht verbirgt. Mit Grinsen und Augenzwinkern nehmen sie den üblen Streich auf sich, den sie spielen. Sie sind wie Kinder: boshaft, aber weniger unverdorben.

Stephen merkt, daß Louise keine Wahl hat. Er erkennt es ganz plötzlich. In dem Augenblick, als sie ihn nicht wegjagte, hat sie seine Gegenwart zugelassen, sie hat stillschweigend eingeräumt, daß sie diese Gegenwart billigt, sie hat sie zu etwas Unstrittigem, Unumkehrbaren gemacht, das nicht mehr in Frage gestellt würde. Also ergreift er seine Chance. Er drängt Louise zuzugeben, daß sie im Grunde ihres Herzens wünscht, daß er nicht geht, daß er bleibt. Auch er hat das Recht auf Triumphe.

Bei der Formulierung seines Satzes hat er instinktiv den sanften, reuevollen Ton dessen angenommen, der so tut, als verdiente er Bestrafung, und genau weiß, daß er ihr entgeht. Sie hat die Falle natürlich gewittert, sie hat den scheinheiligen Klang, den Seitenblick, den gesenkten Kopf beim Vorbringen seiner Bitten, die sie ihm nicht abschlagen kann, sofort erkannt. Sie hat den Trick durchschaut. Sie gibt zu, daß dies ein gelungener Coup ist, einer den man gutheißt. Die Bravour der Bitte verdient gewiß, belohnt zu werden. Sie haßt es, in die Knie gehen zu müssen, aber sie bereitet sich darauf vor, es mit Anstand zu tun, um sich wenigstens auf dem Niveau zu halten, wo er die Latte angelegt hat.

»Nein, bleib nur hier: Du hast einen so weiten Weg gemacht, um hierher zu kommen …«

Man sollte in schwierigen Momenten immer Ironie zeigen: Louise theoretisiert. Spuren von Geist retten tatsächlich manchmal die kompromittierendsten Situationen. Indem sie spöttisch reagiert, versucht sie, sich aus der Lage zu befreien, in die er sie gebracht hat. Ihre Lässigkeit und ihre Bissigkeit erscheinen ihr die besten Mittel, um die Granate, die er ihr zugeworfen hat, zu entschärfen. Die Technik des Theaters, die Kunst, Floskeln als Ausflüchte zu gebrauchen, ist hilfreich. Sie versteht ihr Metier: Sie ist ein guter Profi.

Und außerdem denkt sie ganz im Ernst, daß es ein sehr weiter Weg ist, den er zurückgelegt hat, daß er dafür viel Zeit gebraucht hat, sicher auch Mut, eine gewisse Selbstverleugnung, und dann die Fähigkeit, sein Selbstbewußtsein und seinen Stolz zu überwinden und sich selbst zu vergessen. Denn wenn er schließlich hier vor ihr steht, nach allem, was sie gemeinsam erlebt haben, nach dem, was er ihr angetan hat, nach dem, was sie ihm vorausgesagt hat und was eingetroffen ist, dann deshalb, weil er es auf sich nimmt, weil er einen zarten Schleier über seinen Hochmut wirft, weil er seinen Stolz aufgibt. In Wirklichkeit riskiert er etwas, setzt er sich den Schlägen aus, er hat den ersten Schritt gemacht. Sie ist gleichzeitig beunruhigt, erstaunt und verwirrt durch die Bewegung, die er in ihre Richtung macht, durch den Versuch, wieder zu ihr zu kommen, der eine Art Entblößung verlangt. Sie hätte das nie gemacht, sie hätte nicht auf ihr Schweigen verzichtet. Sie hatte vorgehabt, sich unverrückbar an den Entschluß zu halten, den sie vor fünf Jahren gefaßt hat. Sie wäre nicht schwach geworden, sie kennt sich.

Es gelingt ihm tatsächlich noch, sie zu überraschen. Sie könnte fast darüber lachen. Sie ist glücklich über die Feststellung, daß ihn der Hang, Erstaunen hervorzurufen, und die Neigung, nie ganz dort zu sein, wo man es von ihm erwartet, oder ganz der zu sein, den man erwartet, nicht verlassen hat. Genau diese Diskrepanz ist es übrigens, die ihr als erstes aufgefallen ist, die sie verführt hat, sie kann das Wort aussprechen. Sie hat sich angezogen gefühlt von diesem jungen Mann in dem gutgeschnittenen Anzug eines ernsthaften Studenten, von diesem Dandy, dem Schwarm von Harvard, der zu unerwarteten Albernheiten und exzentrischem Verhalten in der Lage war, angezogen von seiner wahnsinnigen Energie, seiner fortwährenden Lebhaftigkeit, seiner ständigen Bewegung, seinen schlechten Wortspielen, seinem unheimlichen Gelächter, von diesem Glanz in den Augen, der wie das Versprechen von noch nie dagewesenen Morgen war. Sie war nicht darauf gefaßt gewesen, dies bei ihm zu finden, bei einem jungen Mann, den alles zur Solidität, zum Musterexemplar, zur Eintönigkeit zu prädestinieren schien. Auf Anhieb hat sie seine

Farben, seine Glut, seine Unbekümmertheit, seine Leichtigkeit, seine Oberflächlichkeit geliebt. Er behauptete übrigens, die Hauptsache sei die Oberflächlichkeit und versprach, sein Leben nach diesem ein wenig verrückten Prinzip zu führen. Es hätte nicht viel gefehlt, und sie, die Schauspielerin, das Symbol der Ungesichertheit, der Freiheit, des Überschwangs, wäre für ein verklemmtes Wesen, für einen Miesepeter gehalten worden. Um ein Haar hätte man sie, ausgerechnet sie, der Farblosigkeit und der Langweiligkeit beschuldigt, so sehr erwies er sich neben ihr als bunter Vogel. Kurzum, er trat als Relief hervor, und wenn sie nicht auf der Hut gewesen wäre, hätte sie den Hintergrund dazu abgegeben. Nein, in dieser Hinsicht hat er sich nicht verändert: Er ist immer noch in der Lage, sie mit seinen unvorhersehbaren Fragen aus der Fassung zu bringen, sie mit seiner Kühnheit zu bezaubern, sie zu fesseln, indem er zuläßt, daß er so verletzlich erscheint.

Als habe er Louises Gedankengänge verfolgt, stellt Ben fest, daß die Schönheit schwinden oder nachlassen, sich verflüchtigen oder langweilig werden kann, daß der Charme dagegen nie vergeht, daß er immer da ist, für alle Zeiten, daß er unbeschädigt bleibt. Louise und Stephen haben sich etwas von ihrer Jugend entfernt, die Haut hat ein wenig von ihrem Glanz verloren, die Bewegungen sind langsamer, schwerfälliger, weniger kindlich geworden, der Ton der Stimme hat sich gesetzt, aber der Charme hat sich nicht verändert. Ihre Verführungskraft ist unangetastet. Er sieht sie wieder, nicht wie er sie gesehen hat, sondern wie er sie geliebt hat. Sie sind strahlend, und er ist von dem unbändigen Wunsch erfüllt, ihr Freund zu sein, der Freund von allen beiden, von neuem.

6

Die Klingel an der Eingangstür läutet. Ben kommt es vor, als höre er das Klingeln zum ersten Mal, so sehr gibt es ihm das Gefühl, daß es in der seltsamen Stille des Lokals störend wirkt. Und doch hat er, seit er seinen Dienst hier angetreten hat, nie ein anderes Klingeln gehört. Die alte Phillies, die so auf ihren Dollarsäcken hockt, hat diese Glocke wohl am Tag der Schöpfung installiert, und sie stellt sich vor, daß die Dinge bis zu ihrem Tod halten werden. Sie ist nicht verschwenderisch, noch weniger auf Neues aus, sie hält an ihren Gewohnheiten fest und sie erzählt, daß ihre Kunden genauso dächten. Gewiß, sie gibt zu, daß man dieses Echo in manchen Augenblicken, wenn fast ununterbrochen jemand hereinkommt oder hinausgcht, etwas störend finden kann, wie zum Beispiel das Kratzen eines Fingernagels auf einer Tafel, aber es ist auch ein Unterscheidungsmerkmal und ein Erkennungszeichen. Orte müssen identifizierbar sein. Ihre Geräusche dienen auch dazu, sie zu identifizieren. Eine etwas knappe Erklärung, aber Ben hat nicht gewagt, eine andere zu verlangen.

Es ist der alte Carter, der vom Hafen heraufkommt. Er hat sein Boot vertäut, und ehe er nach Hause geht, wo ihn im übrigen niemand erwartet, kommt er zum Guten Tag sagen und auf ein Bier vorbei. Er behauptet, Bier halte jung. Er trinkt es seit fünfzig Jahren, und wer würde einzuwenden wagen, er sei nicht mehr voll in Form? Niemand denkt offensichtlich daran, ihm zu widersprechen, auch wenn jeder von Tag zu Tag darauf wartet, von seinem Schiffbruch zu hören, so riskant ist seine Steuerkunst inzwischen geworden. Man spekuliert über seine Chancen, vom nächsten Fischfang auf hoher See lebend zurückzukommen und wundert sich über seine Ausdauer und seine Langlebigkeit. Man murmelt, daß er wirklich viel Glück habe, und daß die Götter über ihn wachen und ihn auf seinen Ausfahrten begleiten müßten. Jedenfalls bemüht sich Carter, die Prognosen zu durchkreuzen, und selbst wenn er schwankt, er hält sich noch auf den Beinen und hat sein letztes Wort noch nicht gesprochen.

Er geht zur Theke und zu Louise, um sie zu küssen. Keiner von den beiden weiß mehr, wann diese Begrüßungszeremonie angefangen hat, aber sie halten sich daran, sie machen unter keinen Umständen eine Ausnahme. Sie tun nur das, sie küssen sich, sie wechseln keine drei Worte oder sie reden vom Regen oder vom schönen Wetter, vom Boot und vom Ozean, niemals von Theaterstücken. Es ist ihnen zur Gewohnheit geworden. Zwischen ihnen herrscht eine Vertrautheit, die sie nicht erklären, eine Gepflogenheit, die wie ein Ritual ist. Louise ist der Überzeugung, daß eine Bar der letzte Ort für diese Art von Intimität ist. Um nichts auf der Welt würde sie darauf verzichten.

Auf der rauhen Wange von Carter ist ein wenig Rouge hängen geblieben. Es ist eine Spur, die nicht zu seinem Gesicht paßt. Ein Blutfleck.

Dieser Fremdkörper führt sie blitzartig zu Norman zurück. Er hätte eigentlich an Stelle des alten Carter in die Bar hereinkommen müssen. Wenn Stephen nicht das Warten auf Norman unterbrochen hätte, würde sie allmählich die Geduld verlieren. Ein wichtiger Teil ihres Lebens steht auf dem Spiel, und sie würde gerne die Bestätigung erhalten, daß sie gewonnen hat. Denn wenn man die Dinge beim Namen nennen will, so handelt es sich bei dem, was Norman an diesem ganz gewöhnlichen Sonntag zu erledigen hat, darum, seine Frau zu verlassen, die im übrigen zufällig die Mutter seiner Kinder ist. Um nicht mehr und nicht weniger.

Seit Monaten spricht er davon. Louise hat nichts verlangt: Sie hat an einem Tag vor fünf Jahren beschlossen, nie mehr etwas von den Männern zu verlangen. Norman hat als erster davon gesprochen, er hat aus freien Stücken vorgeschlagen, dieser zweideutigen Situation ein Ende zu bereiten, Schluß zu machen mit den Lügen gegenüber seiner Ehefrau, mit den heimlichen Treffen, mit den plötzlich abgebrochenen Telefongesprächen, bei denen Louise mit einem Hörer in der Hand zurückbleibt, der ihr das Klingelzeichen eines besetzten Apparats ins Ohr schrillen läßt. Eines Tages hat er beschlossen, daß das nicht so weitergehen kann mit den Geheimnissen, dem Versteckspiel, den Umarmungen, die man abbricht, weil man nach Hause zu Frau und Kind muß, mit den angefangenen Nächten, die man nie zusammen beendet, mit den Küssen vor der Haustür, den unerwarteten Hindernissen in letzter Minute, den Ausreden, die selbst ein Kind nicht glauben würde, den schwammigen Erklärungen, den demütigenden Rechtfertigungen. Er war der Meinung, man müsse das ein für allemal klären, man müsse mit den Verstellungen aufhören und die Wahrheit sagen, die nackte Wahrheit, die schmerzliche Wahrheit, man müsse bis zur Trennung, bis zur Scheidung, bis zum Verlassen gehen. Louise erinnert sich, daß sie, als sie Norman bei seiner Tirade zuhörte, die er in einer Weise deklamierte, wie man es selbst auf der Bühne nicht mehr tut, überhaupt nicht verstand, ob sie die war, die man verließ oder die, für die verlassen wurde. Erst als sie am Schluß ihren Vornamen in Verbindung mit den Worten »ich will mit dir zusammenleben« hörte, hat sie erkannt, daß sie die Erwählte war. Sie gesteht gerne ein, daß er sie etwas lange und nervenaufreibend auf die Folter gespannt habe. Aber als sie am Ende erfuhr, daß sie nicht verloren hatte, war sie erleichtert, allerdings nicht so sehr, wie sie gehofft hatte. Die Angst, die sie vor der Enthüllung empfand, hatte die Wirkung der guten Nachricht, die ihr übermittelt wurde, abgeschwächt.

Sie hatte erklärt, sie sei glücklich, daß die Wahl auf sie gefallen sei. Und dann hat sie nichts mehr gesagt. Norman war etwas verblüfft gewesen, als er feststellte, daß es keine Begeisterungsstürme, keine überbordende Freude gab. Keine Beglückung oder Erleichterung. Nicht einmal das allerkleinste Anzeichen von Dank. Genau das: Dankbarkeit. Er hatte offenbar geglaubt, Louise wäre nicht auf das gefaßt gewesen, was er ihr gerade enthüllt hatte. In der Tat konnte er nicht wissen, daß sie schon einmal erwählt worden war, und daß der Mann, der ihr versichert hatte, er liebe sie, sich dann zurückgezogen und sie wegen einer anderen verlassen hatte. Dieser Mann war natürlich Stephen, und die andere Frau Rachel Monroe, die nach Verlauf weniger Monate Mrs. Townsend geworden war. Es gibt Erinnerungen, die einem die Freude vergällen.

Seitdem Norman angekündigt hat, daß er sich von seiner Frau trennen wird, daß er diese wundersame Ehe, die seit acht Jahren hält, beenden will, wartet Louise darauf, daß dies geschieht. Da man ihr netterweise diese Perspektive eröffnet hat, wartet sie darauf, daß sie konkrete Formen annimmt. Und sie ist rasch ungeduldig geworden. Wir sind nun einmal so veranlagt: Wenn man uns erst einmal gesagt hat, was für ein Geschenk wir bekommen werden, dann haben wir nur noch den brennenden Wunsch, es so bald wie möglich zu erhalten, selbst wenn der Geburtstag noch fern ist. Angesichts des stillschweigenden Ultimatums, das sie ihm gestellt hat, gab Norman schließlich nach und versprach, schwor, daß er es am heutigen Sonntag hinter sich bringen werde. Er hat dies mit der größten Feierlichkeit angekündigt, in einer beinahe bombastischen Rede, wie sie nur die allerschlechtesten Tragöden hervorbringen. Im Hintergrund hätte man fast ein Totengeläut, ja, eine Trauermusik vernehmen können. Norman, der auf der Bühne, wenn es darauf ankommt, einen guten Schauspieler abgibt, ist von entwaffnender Mittelmäßigkeit und Unwahrhaftigkeit, sobald es darum geht, im wahren Leben eine Rolle zu übernehmen. Sie hätte beinahe gelacht, aber sie hat sich beherrscht: Die Sache war zu ernst.

Im Augenblick versucht sie, sich ihn vorzustellen, wie er verlegen vor Catherine steht und ihr erklärt, daß er eine andere Frau liebe, daß er mit dieser anderen Frau seit nunmehr fast einem Jahr eine Beziehung unterhalte, daß er ernsthaft entschlossen sei, mit ihr zusammenzuleben, und daß er die Familie verlassen werde. Das habe natürlich nichts mit ihr, Catherine, zu tun, sie sei eine gute Ehefrau und Mutter – Norman legt manchmal eine beachtliche Feigheit an den Tag –, sondern mit dem Leben, das sie führten, das ihm nicht mehr zusage und das vor allem viel weniger abwechslungsreich, viel weniger leidenschaftlich sei, als das, das sich ihm biete. Er hoffe, daß sich jeder vernünftig zeige, daß diese Trennung unter würdigen Bedingungen stattfinde, daß niemand darunter leiden müsse und vor allem nicht die Kinder, die seine Augensterne seien. Ach ja, fast hätte er es vergessen: Die andere Frau ist Louise. Welche Louise? Louise Cooper! Wenn die Dinge bis dahin gut gelaufen sind, worüber man berechtigterweise Zweifel haben kann, wird Catherine in diesem Moment in Tränen ausbrechen. Sie wird denken, daß es immer die besten Freunde sind, von denen man verraten wird, und Louise würde ihr bestätigen, daß das genaugenommen stimmt, falls jemand daran dächte, sie zu fragen, was niemand tun wird.

Louise glaubt keine Sekunde lang, daß die Sache für Norman so gut ablaufen wird: Sie weiß, daß es Schreie, Empörung, Anklagen, laute Wortwechsel, vorwurfsvolles Schweigen, abwechselnd finstere oder einschmeichelnde Blicke, inständige Bitten, Beschwörungen, ein in jeder Hinsicht unbeschreibliches Spektakel geben wird. Sie sieht schon die Rückzugsgefechte, die Hilflosigkeit, das Leugnen, das Murren, die Versprechungen Normans vor sich. Louise wird nicht ruhig sein, ehe er nicht mit einem traurigen Lächeln auf den Lippen in dieser verdammten Bar erscheint.

Der alte Carter kneift die Augen zusammen und erhebt das Glas, das Ben, der hinter seiner Theke hervorgekommen ist, ihm serviert hat, in ihre Richtung, er macht diese Geste eines Toasts ins Leere, als wolle er zeigen, daß er Schritt für Schritt dem Gang ihrer Gedanken gefolgt ist. Er hat einen geheimnisvollen Gesichtsausdruck, wie ihn Greise und Alkoholiker manchmal haben, und von dem man nicht genau weiß, ob er ein Zeichen ihrer Abgestumpftheit oder ihrer Komplizenschaft ist. Verdankt sie diese Aufmerksamkeit dem Zustand der Betrunkenheit, in dem er sich im Augenblick dieses seltsamen Grußes befindet oder der tiefen Zuneigung, die er ihr entgegenbringt? Sie würde es nicht wagen, auf diese Frage zu antworten. Aber sie ist fast sicher, daß Carter sie, entgegen dem Augenschein, in diesem entscheidenden Moment besser versteht als irgend jemand.

Währenddessen staunt Stephen über Louises Fähigkeit, plötzlich und ohne Vorankündigung in sich zurückzukehren, sich ihrer Umgebung zu entziehen und sich in eine Isolation zu begeben, die sie für den Moment unzugänglich macht. Seit dieser alte Säufer im Phillies gestrandet ist, seit er sich auf sie gestürzt hat, um sich an ihren Wangen zu reiben, stellt er eindeutig fest, daß Louise sich entfernt hat, daß sie mit ihren Gedanken beschäftigt ist, daß sie sich dort aufhält, wo man sie nicht im entferntesten suchen würde. Stephen hatte es fast vergessen: Er hatte die Erinnerung an den Hang der jungen Frau, sich der Realität zu entziehen, verdrängt, vielleicht, weil ihn diese Haltung immer geärgert hat, weil er sie nie richtig verstanden und akzeptiert hat. Er hat es immer als ein Zeichen mangelnder Eleganz, mangelnden Taktgefühls empfunden, fast als eine Art Verachtung, eine Weise, die anderen auf Distanz zu halten, ohne ihnen dieses brutale und unerwartete Beiseiteschieben irgendwie zu erklären. Er war ihr manchmal deswegen böse, hat es ihr auch bisweilen gesagt, aber sie hat trotzdem nicht darauf verzichtet.

Und plötzlich fällt ihm das wieder ein. Er macht sich bei dieser Gelegenheit klar, daß er sich bestimmt nur an ihre guten Seiten erinnert und er, unbewußt oder nicht, die anderen ausgelöscht hat. Er hat ein ideales Wesen ohne Fehler, Schwächen und Makel aus ihr gemacht. Im Grunde sind die Eindrücke von gestern mit der Zeit unscharf geworden, sie haben sich stark vereinfacht. Das, was herausragt, ist das Glück der gemeinsam verbrachten Jahre und die Erscheinung eines fast untadeligen Wesens. Im übrigen erzählt er denen, die ihn noch nach seinem früheren Leben mit ihr fragen, eine beschönigende Geschichte, die nicht mehr viel mit der Wahrheit zu tun hat. Louise hat Stephen in die Wirklichkeit zurückgeholt.

Ben scheint mit der Lektüre des *Chatham Chronicle* beschäftigt, einem entsetzlichen Käseblatt, das sich mit lokalen Nachrichten begnügt, in marktschreierischem Ton über Sterbefälle berichtet, auf den Erfolgen der einen und den Enttäuschungen der anderen herumreitet und wie kein anderes das gewöhnliche Leben gewöhnlicher Menschen seziert. Ben würde keine Nummer auslassen – es handelt sich um ein Wochenblatt –, um nichts in der Welt. Er teilt diese Angewohnheit mit Louise, die behauptet, sie schöpfe den Stoff für ihre Stücke oder für einzelne Personen aus den zugespitzten Berichten der Nicht-Ereignisse der Stadt Chatham, eine Spezialität des *Chronicle*. Ben, den Hintern auf den Rand des Spülbeckens aufgestützt, den Rücken dem Lokal zugewandt, über die kaum entzifferbaren Buchstaben gebeugt, nimmt nichts von seiner Umgebung wahr. Carter hat dies erkannt und wartet mit dem Bestellen seines nächsten Biers. Louise und Stephen können also zu ihrer Wiederbegegnung zurückkehren.

7

»Ja, es war ein weiter Weg, um hierher zu kommen, aber während du sagen würdest, ich hätte diese Strecke vor fünf Jahren genommen, würde ich sagen, daß ich diesen Weg vor zehn Jahren eingeschlagen habe, bei unserer ersten Begegnung. Damals schon in Cape Cod.«

Als Ben und Carter diesen Satz von Stephen hören, den er bestimmt lange in sich gedreht und gewendet hat, diesen ergreifenden Hinweis auf die Vergangenheit, werfen sie sich, ohne sich abzustimmen und ohne daß es jemand bemerkt hätte, einen kurzen Blick des Einverständnisses zu. Man kann in der Tat mühelos mit einem Auge den Chatham *Chronicle* lesen und mit einem Ohr die Unterhaltungen neben sich mitanhören, vor allem, wenn sie sich auf eine Formulierung beschränken, die offensichtlich darauf abzielt, die Aufmerksamkeit auf sich zu ziehen. Ebenso ist man in der Lage, zerstreut ein Bier zu trinken und die Spannung wahrzunehmen, die in der Luft liegt, die man atmet. Der Barkeeper und der Fischer befinden sich für einen kurzen Moment auf derselben Wellenlänge. Sie versuchen, sich zu vergewissern, daß dem anderen nichts von dem entgeht, was sich gerade abspielt. Und dann, fast sofort, wenden sie sich wieder ihren Beschäftigungen zu, der eine seiner Zeitung, der andere seinem Stärkungstrunk. Die Bar hallt noch wider von Stephens Worten.

Und der denkt gerade, daß es Mumm braucht, um einen Satz wie diesen auszusprechen. Daß es ganz schön mutig ist, so, wie er es gemacht hat, in einer Formulierung gleichzeitig an ihre erste Begegnung und an ihre Trennung zu erinnern. Gewiß, er erwähnt diese Ereignisse aus ihrem früheren Leben nicht ausdrücklich, aber die Bezugnahme auf die Daten läßt keinen Zweifel zu, sie ist vielsagend, sie spricht für sich selbst. In ein paar Worten faßt er ihre entscheidenden Jahre zusammen, er rafft die ganze Zeit, die ihnen gehörte, in einen Satz und versucht, ihr zu verstehen zu geben, daß er die Zeit, die er fern von ihr verbrachte, nicht ohne sie verbracht hat. Indem er dies tut, unterstreicht er ihre Unterschiede. Louise und Stephen haben dieselben Erinnerungen, aber sie würden sie wahrscheinlich nicht auf dieselbe Weise erzählen. Er hat sich entschlossen, sich eher an die Tage des Glücks als an die des Leids, eher an die Glut der ersten Tage als an das peinliche Ende zu erinnern. Aber für ihn ist es dieselbe Geschichte, die weiterspielt, nichts geht unter, und trotz der Zäsuren, der Unterbrechungen, setzen sich die Linien fort. Trotz der Schlaglöcher geht man immer auf demselben Weg weiter.

Ihre erste Begegnung: so etwas! Louise hätte sich nicht vorzustellen gewagt, daß Stephen die Erinnerung daran wachrufen würde. Sie ist übrigens nicht überzeugt davon, daß sie genau dieselben Erinnerungen haben. Ebensowenig, daß sie beide die ganze Zeit dieselbe Geschichte gelebt haben. Über einen Punkt herrscht immerhin Einigkeit: Ihre erste Begegnung hat tasächlich nicht weit von Chatham stattgefunden. Genaugenommen in Hyannis. Sie fuhr zum erstenmal dorthin. Sie kam von Boston. Nach der Sagamore-Bridge war sie mit ihrem Wagen die Route 6 entlanggefahren. Bei dem Gedanken, nach Hyannis Port zu kommen, wo sich die Ferienresidenz der Kennedys befindet, war sie etwas aufgeregt. Sie gibt zu, daß dies ein wenig lächerlich war, aber für sie waren die Kennedys beinahe die königliche Familie von Amerika und Hyannis Port das, was Balmoral für die Engländer ist. Sie freute sich darauf, mit ihren eigenen Augen dieses berühmte Haus zu sehen, das sie auf so vielen Seiten der Hochglanzmagazine bewundert hatte. Ja, ein Jungmädchentraum, sie schämt sich nicht, es einzugestehen. Immerhin, sie war noch keine fünfundzwanzig Jahre. An der Ecke Scudder Avenue und Irving Avenue hatte sie diesen Traum verwirklicht. Das Anwesen des Vaters Joseph Kennedy, das sich zum Strand hin erstreckt, hatte sie damals am meisten beeindruckt. Heute würde sie allerdings sagen, daß das Zentrum von Hyannis völlig uninteressant, der Besitz der Kennedys nichts weiter als eine Touristenfalle, und von der ganzen Stadt nur der Strand erhaltenswert sei. Strände sind im übrigen die einzigen Orte, die uns nie enttäuschen, und die die Erinnerung nicht beschmutzt.

Louise fuhr mit Freunden nach Hyannis, sie folgte der Einladung einer Schauspielerin, mit der sie in einem Stück spielte, das niemand sehen wollte. Diese Schauspielerin, deren Namen sie vergessen hatte, aber er wird ihr wieder einfallen, veranstaltete eine Geburtstagsparty und hatte unübertrieben halb Boston dazu eingeladen. Zu dieser Hälfte gehörte Stephen Townsend, der bei dieser Gelegenheit als Nachbar erschienen war, denn er verbrachte die Wochenenden regelmäßig im Ferienhaus seiner Eltern. In der Menge war er ihr nicht besonders aufgefallen. Sie ist noch immer erstaunt, wenn sie daran denkt, daß sie sich gleich in jener Nacht zusammen im Bett wälzten.

Sie haben also auf die alltäglichste Weise, die sich denken läßt, Bekanntschaft gemacht: bei einer Abendgesellschaft, wie Tausende vor ihnen und Tausende nach ihnen. Die glänzende, wirbelnde Erscheinung dieses Paares, das zu werden sie sich anschickten, hätte zweifellos einen spektakuläreren Auftakt verdient, einen von jenen, die man noch Jahre später andächtig lauschenden Gästen erzählt. Man würde sich gerne eine unwahrscheinliche Begegnung unter fernen und exotischen Himmeln vorstellen, oder eine heftige und unbestreitbare Liebe auf den ersten Blick, oder ganz ungewöhnliche Umstände, aber nein, nichts dergleichen. Louise hat sich bemüht, daran zu erinnern, daß ihre Geschichte keineswegs die Originalität besitze, die man darin erkennen wolle, als ob die Dinge immer wunderschön, glanzvoll, glorreich, phantastisch, unbedingt einzigartig sein müßten. Sie hat nie einen so großen Unterschied zwischen ihnen beiden und all jenen ihrer Freunde sehen können, die eines Tages ein Paar wurden. Sie hat nie verstanden, warum man darauf gekommen ist, sie auf einen Sockel und ins Rampenlicht zu stellen. Das war eigentlich nicht ihr Platz.

Für sie und für ihn war diese Geschichte natürlich einzigartig, kostbar, selten. Sie war etwas Besonderes. Es war ihre Geschichte.

Es war also keine Liebe auf den ersten Blick gewesen. Eher eine langsame Steigerung der Begierde. Gewiß, sie hatten von der ersten Nacht an miteinander geschlafen, aber ihre wechselseitige Anziehung hat sich über mehrere Wochen herausgebildet. Nachdem sie die sexuelle Phase hinter sich hatten, mußten sie sich tatsächlich darüber klarwerden, ob sie zueinander paßten. In Wirklichkeit hat sich das nach und nach entwickelt, es war eine fortschreitende Eroberung gewesen. Louise hat die hübschen und ungeschickten Verführungsversuche Stephens sehr wohl bemerkt, es war schwierig, sie nicht zu erkennen. Dieser Mann, den man heute seiner Sicherheit und seiner Kaltblütigkeit wegen bewundert, führte sich damals wie ein kleines Kind oder wie ein verunsicherter Halbwüchsiger auf, häufte Ungeschicklichkeit auf Ungeschicklichkeit, errötete wie ein Erstkommunikant, täuschte sich im Datum der Rendezvous und verbrachte danach Stunden damit, sich dafür zu rechtfertigen oder zu entschuldigen. Louise gibt bereitwillig zu, daß sie sich wahrscheinlich auch unbeholfen benommen und manchen Fauxpas begangen hat. Alles in allem waren ihre ersten Schritte unsicher.

Und eines Tages wußten sie, daß es soweit war, und dieses Wissen war überwältigend. Die Gewißheit hat sich ihnen aufgedrängt. Sie brauchten sie nicht auszusprechen: Sie haben verstanden, was es war. Louise versichert, diese Entdeckung sei gleichzeitig erfolgt, jeder von ihnen habe sie in derselben Phase gemacht. Sie verbindet sie dennoch mit keiner bestimmten Tatsache, mit keinem bestimmten Ereignis. Nichts war geschehen, das erlaubt hätte, den Dingen plötzlich eine endgültige Wendung zu geben. Sie haben einfach angefangen »zusammenzusein« und nicht mehr daran gedacht auseinanderzugehen.

Die erste Zeit war wunderbar gewesen. Wenn sie ihr Gedächtnis anstrengt, kann sie sich nur an Glück erinnern, strahlendes Glück, das sie durch seine Selbstverständlichkeit und seine Einfachheit aus der Fassung brachte. Es war, als hätte sich in ihrem Leben das ereignet, was sie immer erwartet hatte, ohne es je auszusprechen, denn sie war keines jener jungen Mädchen, die ihre Zukunft planen, die sehr früh Spekulationen darüber anstellen, mit wem sie durchs Leben gehen werden. Sie hatte seit ihrer Jugend daran geglaubt, daß sich das eines Tages ergeben werde, aber sie hatte nichts dafür getan, sie hatte nicht versucht, besonders verführerisch und wachsam zu sein, sie war überzeugt, daß es reichte, wenn man wartete, und sie hatte sich nichts ausgemalt, sie wußte nicht, wie das sein würde. Aber sie war sich sicher, daß nach den kurzen Affären, den Beziehungen für eine Nacht, den Lieben ohne Morgen, den Geschichten von wenigen Wochen und den männerlosen Monaten, die Zeit der großen Liebe kommen würde, der Liebe, die dauert, die man festhalten möchte, die man zu verlieren fürchtet, die man in jedem Augenblick zu festigen sucht. Diese Liebe, die zu verstehen hilft, warum man lebt, war ihr in ihrem fünfundzwanzigsten Lebensjahr geschenkt worden. Nicht zu früh und nicht zu spät, wie sie merkwürdigerweise geglaubt hatte. Und sie war ihr nach einer Phase der Abstinenz geschenkt worden, was ihr einen zusätzlichen Reiz verlieh. Schon nach wenigen Monaten hatte sie geglaubt, das werde immerzu dauern.

Wenn man sie heute drängte zu sagen, warum sie ihn damals liebte, dann würde sie zunächst antworten, daß sie es nicht genau weiß. Und am Ende würde sie sagen, daß es sicher der Sanftheit wegen war.

Und sie hatte auch den Eindruck, mit Stephen kein Risiko einzugehen, nichts bereuen zu müssen, sie fühlte sich in Sicherheit, brauchte sich keine Fragen zu stellen, genoß alle Freiheiten, büßte nichts von ihrer Unabhängigkeit ein. Gleichzeitig führten sie ein bewegtes, entfesseltes, aufreibendes Leben. Sie fühlte sich leicht, frivol. Stephen erlaubte ihr, die zu sein, die sie sein wollte, und sie war ihm dafür dankbar.

»Es ist eigenartig, wie einfach die Dinge zu sein scheinen, wenn du sie erzählst.«

Ja, alles erscheint so einfach wie ein Auf Wiedersehen, wenn Stephen das Wort ergreift. Louise war immer beeindruckt gewesen von seiner außergewöhnlichen Fähigkeit, Hindernisse zu überwinden oder zu ignorieren, die heikelsten Situationen herunterzuspielen, zu tun, als ob nichts geschehen sei, nur im Augenblick zu leben. Stephen ist zu den größten Amnesien in der Lage, er handelt, als habe er kein Erinnerungsvermögen, als sei nichts von Bedeutung und alles möglich. In seinem Beruf mag es ein Vorzug sein, skrupellos, seelenlos, hemmungslos zu sein, immer vorzupreschen, die andern mit sich zu ziehen, aber wie kommt er mit seiner Verantwortung zurecht und wie vereinbart er dieses Verhalten mit dem Scharfblick, den sein Beruf verlangt? Seine Neigung, mit einer Handbewegung alles Störende vom Tisch zu wischen, zu versuchen, die Probleme mit einem Lächeln, mit einer geistreichen Bemerkung aus der Welt zu schaffen, ist wirklich erstaunlich. Louise gibt zu, daß es auch erholsam und angenehm sein kann, sich hinreißen zu lassen, zu beschließen, daß nichts ernst ist. In ihrer Beziehung war sie, so merkwürdig dies auch klingen mag, diejenige, die die Pferde zügelte, sie daran hinderte, durchzugehen und sich aufzubäumen. Sie hatte den Überblick, sie kannte den Preis der Dinge, sie brachte sie alle beide auf den Boden der Tatsachen zurück, wenn sie sich zu weit davon entfernten. Stephen hatte es auf bewundernswerte Weise so eingerichtet, daß ihr die undankbare Rolle des Aufsehers und Spielverderbers zukam. Das erlaubte ihm, sich um nichts zu kümmern. Louise hatte lange Zeit geglaubt, sie erleichtere Stephen die erdrückende Last seiner Pflichten.

Sie will ihm zu verstehen geben, daß sie von nun an keine Lust mehr hat, diese Rolle zu spielen, daß sie sie ein für allemal abgeschüttelt hat und daß sie in keiner Weise beabsichtigt, sie wieder aufzunehmen. Seinen Satz über die zehn Jahre und die fünf Jahre, über das, was wichtig ist und das, was es nicht ist, kann er vergessen. Sie ist verärgert darüber, daß sie in seinen Augen dazu beiträgt, ihn in fröhliche Stimmung zu versetzen, und daß er ihr den Vorwurf macht, sie betrachte ihn nur mit Trauer oder Mißtrauen. Sie kennt Stephen: Er versucht erneut, die gute Rolle zu übernehmen. Er will die Vorstellung glaubwürdig erscheinen lassen, daß seine Absichten rein und lauter sind, während sie zweifellos von Groll und Vorwürfen gelähmt sei.

Obendrein hat sie für das Wissen bezahlt, daß sich hinter der legendären Unbekümmertheit Stephen Townsends die größte Feigheit und die gemeinsten Lügen verbergen können. Sie hat gelernt, daß unverantwortliche Menschen gerade deshalb schamlos mit der Wahrheit spielen, weil sie keine eigene Verantwortung empfinden oder weil sie sie vergessen haben, oder auch, weil es ihnen gelegen kommt. Sie kann allerdings nicht mit Sicherheit sagen, ob diesen Leuten bewußt ist, daß sie schlecht handeln, ob ihnen klar ist, daß einige ihrer Handlungen unverzeihlich sind. Sie weiß nicht, ob ihre Schlechtigkeit arglos ist.

Was beweist ihr denn heute, daß man ihr keine Falle stellt? Wie kann sie sicher sein, daß Stephens Vorgehen harmlos, daß seine Worte aufrichtig, daß seine Intentionen ehrlich gemeint sind? Und weshalb ist er hergekommen? So lange sie auf diese Fragen keine Antwort hat, will sie auf der Hut sein. Schon regen sich alte Schmerzen.

Wozu an alte Wunden rühren? Das ist die Frage, die sich Stephen stellt, die einzige, die es seiner Meinung nach verdient, gestellt zu werden. Wozu die Qualen ihrer Trennung wachrufen, wenn es auch möglich ist, sich nur an die schönen Augenblicke ihrer Beziehung zu erinnern? Ja, es stimmt, er vereinfacht, verkürzt, eliminiert, aber muß man nicht die einfachen Dinge den komplizierten vorziehen? Ist es nicht besser, die Leiden der Vergangenheit auszublenden, anstatt sie sich wie eine etwas ungesunde Trophäe, wie ein lächerliches Kreuz umzuhängen? Mehr noch: In Wirklichkeit geht es darum, sie zu überwinden, über sie hinauszukommen, das ist das sicherste Mittel, darüber zu triumphieren. Und das tut er. Das tut er schon immer und überall in seinem Leben. Er wiederholt nichts, niemals. Er verfolgt seinen Weg. Er geht zu anderen Dingen über. Wenn man Unfälle lebend übersteht, muß man sich beeilen, nicht mehr daran zu denken. Louise würde sagen, daß man Unfälle lebend, aber nicht immer unversehrt überstehen kann. Das ist genau der Unterschied zwischen ihnen beiden.

Carter verkündet, es sei schon spät, er werde jetzt nach Hause gehen. Er verkündet das feierlich, als richte er sich an eine Menschenmenge und als hinge jeder an seinen Lippen und warte auf einen versprochenen Orakelspruch. Er deklamiert zweifellos, um daran zu erinnern, daß es ihn auch noch gibt. Und zweifellos auch, weil der Austausch herber Worte nicht sein Fall ist und er keine Lust hat, weiteren Annäherungsversuchen zuzuhören, die ihn nichts angehen. Er ist ein diskreter Mensch. Er hat das vom Fischen auf hoher See.

Er sagt, die Sonne stehe verdammt tief, sie berühre schon den Horizont, es sei eindrucksvoll, wie rasch die Tage kürzer würden. Er erinnert diejenigen, die es vielleicht hätten vergessen können, daran, daß der Sommer seine letzten Tage aufbietet, mit seinen letzten Strahlen glänzt, daß der Herbst vor der Tür steht. Er sagt diese Dinge, die keine Bedeutung haben, so wie man Unterhaltungen führt, um die Stille zu füllen oder die Zeit herumzubringen. Er sagt diese Dinge, die niemand wirklich hört, außer Louise, der unvermittelt Tränen in die Augen steigen, ohne daß sie es verhindern kann.

Als Carter zu ihr hingeht, um sie feierlich auf die Wangen zu küssen, bemerkt er ihren geröteten Blick. Er braucht nicht lange, um sich darüber klarzuwerden, daß er der einzige ist, der diesen Blick bemerkt hat, denn Ben ist hinter seiner Theke mit einer jener Tätigkeiten beschäftigt, deren wahre Nützlichkeit niemand durchschaut, und Stephen ist aufgestanden, um auf die Toilette zu gehen, und ist gerade dorthin unterwegs. Es ist übrigens seine Abwesenheit, diese Bewegung in der Bar nach so viel Immobilität, dieses unerwartete Verschwinden, was Carter dazu veranlaßt hat anzumerken, daß es schon spät sei, daß es für ihn Zeit sei, sein Haus unten bei den Dünen aufzusuchen, und deshalb steht er auf und verabschiedet sich. Da er als einziger die Tränen an Louises Wimpernrändern gesehen hat, beschließt er, dies zu übergehen. Die Diskretion des Fischers: wie gesagt! Als er die junge Frau küßt, läßt er seine Hand über ihren rechten Arm gleiten. Sie wissen alle beide, daß das Ende des Sommers ein besonders herzzerreißender Moment ist, und daß dieser Sommer der letzte für Carter sein könnte, wenn er nicht aufpaßt.

Als er durch die Tür vom Phillies geht, als das entsetzliche Klingelgeräusch wie ein Signal ertönt, holt Louise ein Taschentuch aus der Handtasche. Sie tut so, als wolle sie sich die Schweißspuren abwischen, die die von draußen eingedrungene Wärme womöglich auf ihrem Gesicht hervorgerufen hat. Sie nutzt dies, um die häßlichen Tränen abzuwischen, die drohen, die Schminke in ihren Augenwinkeln zu verschmieren.

8

Louise bittet Ben, ihr noch einen Martini zu bringen. Sie wartet auf Stephens Rückkehr. Sie ist etwas nervös. Sie will nicht wissen, warum. Sie gehört zu den Frauen, die in bestimmten Situationen kein Interesse daran haben, sich Fragen zu stellen, weil die Fragen manchmal zur Qual werden. Zu den Frauen, denen die Ruhe nicht angeboren ist und die große Anstrengungen vollbringen, um ihre Hektik zu zügeln. Wenn sie noch rauchen würde, wäre dies der Moment für eine Zigarette. Sie bedauert fast, daß sie letztes Jahr damit aufgehört hat. Im übrigen hat sie das Gefühl, Ben schaue sie mit dem Gesichtsausdruck an, den Leute an den Tag legen, die dabei sind, einem eine Stärkung vorzuschlagen, und er werde ihr seine Packung Marlboro hinhalten, wenn er den Martini vor ihr abstellt. Aber natürlich macht er nichts dergleichen. Das alles spielt sich in ihrem Kopf ab. Sie dreht sich zur Fensterfront, beim Anblick des Ozeans findet sie unfehlbar die ruhige Gelassenheit wieder, die sie suchte, als sie vor Jahren hierhergekommen ist und sich in Cape Cod niedergelassen hat.

Genau diesen Augenblick wählt Norman, um anzurufen. Das Klingeln von Louises Telefon hallt in der leeren Bar wider, scheint gegen die Wände zu prallen, mit einem Schrillen, das sie – absurderweise – noch nie gehört zu haben glaubt. Louise wühlt in der Handtasche, zieht ihr

Handy heraus, dessen Display aus Flüssigkristall die sechs Buchstaben des Vornamens Norman anzeigt. Sie erwischt den Anruf gerade noch, ehe auf die Mailbox umgeschaltet wird. Aber weil sie sich nicht ganz sicher ist, daß ihr das in der durch die vier Klingelzeichen zur Verfügung stehenden Zeit gelungen ist, wiederholt sie mehrfach mit sich überschlagender Stimme »Hallo!«, als wäre Norman taub oder als wären die Nachrichten, die man auf dieser Art von Apparaten erhält, unwiderruflich dazu verdammt, von schlechter Qualität zu sein. Ben hört Louise schreien: Es sind panische Schreie.

»Ich bin's. Ich habe nicht viel Zeit.«

Er hat nur diese wenigen Worte gesagt und schon erkennt sie die Stimme schlechter Stunden wieder, den Ton von Männern in Eile, die, kaum daß sie begonnen haben, am liebsten schon wieder aufhören würden, diese Beflissenheit ohne Wärme, die Dringlichkeit ausdrücken soll, diese Kürze, die das Gegenteil von Intimität ist. Auch Louise wendet diesen Ton manchmal an: Wenn sie keine Lust zum Reden hat, wenn sie an einer lästigen Arbeit sitzt, wenn ihre Zeit knapp ist und sie beschlossen hat, kurz angebunden zu sein. Sie erkennt diesen Ton mühelos. Es gibt keinen besonderen Grund, warum Norman von diesem allgemeinen Prinzip ausgenommen sein sollte. In der Trockenheit dieses Tons drückt sich unmißverständlich der Wunsch aus, das Gespräch nicht auszudehnen, keine Erklärungen abgeben zu müssen.

Im übrigen ist Norman ehrlich: er hat »nicht viel Zeit«. Wenn sie so überlegt, hat er jemals viel Zeit? Ist er nicht immer so sehr belagert, so gehetzt, daß er für Louise nie viel mehr als ein paar Stunden am Stück opfern kann, wenn sie zusammen sind? Widmete er sich nicht dauernd dem Theater, seiner Frau, seinen Kindern, vielen anderen Dingen, und nicht wirklich, nicht ernsthaft ihr, Louise. Gewiß, sie liebt diese ständige Bewegung an ihm, diese Unruhe, diese Lebhaftigkeit, diese Gewandtheit im Jonglieren mit Zwängen, die Gegensätze, die Hindernisse, die Widersprüche, aber sie ist etwas erschrocken über diese Fahrt ins Leere oder um ihrer selbst willen, was auf dasselbe hinausläuft. In der kaum kaschierten Gereiztheit von Normans Stimme erklingt nicht die sanfte Verrücktheit, die sie liebt, sondern die kindische Ungeduld, die sie ermüdet.

»Ich kann jeden Augenblick auflegen. Sie ist im Nebenzimmer.«

Daran hat sie sich gewöhnt: an diese unpassenden Unterbrechungen. Sie hat sich trotzdem immer wieder gefragt, ob dies nicht eine bequeme Ausflucht ist, die Norman gebraucht und mißbraucht. Sie hat ihn dabei überrascht, wie er ein ähnliches Argument gegenüber einer Journalistin gebrauchte, die er loswerden wollte. Seitdem ist sie auf der Hut. Norman ist kein Engel. Wenn es darauf ankommt, kann er sogar ausgesprochen teuflisch sein. Das ist das Fundament seiner Verführungskunst. Und das beunruhigt Louise, seit ihre Geschichte begonnen hat.

Sie mag es nicht, daß er Catherine mit der Vokabel »sie« bezeichnet, anstatt ihren Vornamen zu gebrauchen. Sie denkt, daß es sich um eine Form der Verachtung handelt, um Herablassung, die an Gemeinheit grenzt, um eine geringschätzige Distanzierung, die durch nichts gerechtfertigt ist. Auch wenn Catherine eine Rivalin, die Frau ihres

Geliebten ist, Louise würde, wenn sie sie erwähnte, nie eine deplazierte Wendung gebrauchen. Und sie führt diese »Höflichkeit« nicht auf irgendein Schuldgefühl zurück, denn sie fühlt sich überhaupt nicht schuldig, sondern auf die Überzeugung, daß der Kampf erbittert sein kann, ohne deshalb auszuarten.

Kurz, dies ist der Beginn einer Unterhaltung, wie sie sie verabscheut. Noch ehe sie die Möglichkeit hat, ein Wort vorzubringen, mißfällt ihr alles, was und wie es gesagt worden ist, zutiefst.

»Es läuft nicht gut, weißt du.«

Sie bewundert Normans Fähigkeit, das Gegenteil von dem zu versichern, was er am Abend zuvor versichert hat und sich Behauptungen zu eigen zu machen, die er mit einer Handbewegung von sich wies. Louise hat nicht damit gerechnet, daß es leicht würde, Catherine den Untergang ihrer Ehe anzukündigen, aber als sie Norman ihre Bedenken mitteilte, hatte er sich darüber lustig gemacht. Norman ist wie ein Kind. Und dazu noch feige. Er ist zu dem eindrucksvollsten Stellungswechsel bereit, wenn es zuviel Mut erfordert, eine Position beizubehalten. Louise liebt ihn auch für diese Schwäche, die sie lächeln läßt, die zu seinem Charme beiträgt, die eine Art Verwundbarkeit, eine Verwirrung darstellt, die sie rührt. Für gewöhnlich.

»Wir befinden uns mitten in einer fürchterlichen Krise. Es erübrigt sich, dir die Szene zu beschreiben.«

Es erübrigt sich, tatsächlich. Sie kennt diese Situation gut. Es ist nicht das, was Norman hat sagen wollen, aber es ist das, was sie verstanden hat. Seinen Erinnerungen entkommt man nicht. Sie wird eines Tages ein Stück über dieses Thema schreiben, sie hat es sich versprochen.

»Ich werde versuchen, dich später anzurufen, wenn es ruhiger geworden ist.«

»Hast du eine Idee, wie lange das noch dauern wird?«

»Nicht die geringste, meine Liebe. Wenn ich es wüßte, würde ich es dir sagen.«

Will er Zeit gewinnen oder überrollen ihn die Ereignisse tatsächlich? Louise möchte wider besseres Wissen an die zweite Möglichkeit glauben. Schließlich ist sie nicht überrascht, daß die Dinge schlecht laufen, und sie vergißt nicht, daß Norman überhaupt nicht aus dem Holz geschnitzt ist, aus dem man sein muß, um einer solchen Situation zu begegnen. Es fehlte nicht viel, und sie wäre weich geworden bei dem Gedanken, ihn in eine Sache verwickelt zu sehen, die über seine Kräfte geht, in Diskussionen, die ihn zu Antworten zwingen. Er ist nur sicher, wenn er sich die Antworten anderer aneignen kann.

Er legt auf, ohne sie gegrüßt oder geküßt zu haben. Sie hat sich an diese Grobheit, an diese Flegelei gewöhnt. Sie weiß, daß er schon wieder woanders ist. Sie achtet nicht mehr darauf, außer an diesem Abend, wo sie sich plötzlich auf merkwürdige Weise verletzt, abgeschoben fühlt. Sie glaubt, daß es Situationen gibt, in denen einen Ungeschicklichkeiten, und seien sie noch so vertraut, mehr treffen als kalte Grausamkeit.

Ben hat nichts von dem gehört, was Norman sagte. Er hat nur das aufmerksame Schweigen Louises beobachtet, ihre höchste Konzentration, unterbrochen von Seufzern, ihre zum Himmel gewandten Blicke, das nervöse Klopfen der freien Hand auf der Theke. Er hat nur das »hast du eine Idee, wie lange das noch dauern wird?« behalten, den einen Satz, der mit einer Gleichgültigkeit gesprochen wurde, die keine große Fiebrigkeit erkennen ließ, und ihm wird klar, daß Louise sich erneut dazu verurteilt hat, eine Frau zu sein, die wartet. Dieser Gedanke macht ihn unendlich traurig. Er mag sie sehr viel lieber als starke, unabhängige, entschlossene Frau. Für einen Augenblick ist er fast entrüstet, sie so zu erleben: gefangen, gezähmt, gehorsam. Plötzlich kann er den Grund angeben, warum er Norman nur sehr in Maßen schätzt: Norman macht aus Louise eine Frau, die sie nicht sein sollte.

Ben würde Louise gerne trösten in dem Kummer, der unausweichlich über sie kommen wird. Er würde gerne diese undenkbare Geste machen: Sie in die Arme nehmen, nichts sagen, denn er ist nicht der Mann, der Ratschläge erteilt, noch weniger Lektionen, einfach da sein, in ihrer Nähe, etwas näher als sonst. Aber er wird zurückgehalten, das zu tun, zurückgehalten durch den Standesunterschied, durch diese Theke, die sie seit dem ersten Tag trennt, durch die Angewohnheit, sich nie zu berühren, nie über das zu sprechen, was wichtig ist, nie über eine flüchtige Zärtlichkeit hinauszugehen, aus der einfachen Überzeugung, daß sie am Ende die Prüfungen, die man ihnen auferlegt, ohne Schaden zu nehmen, überstehen werden und ... durch die unerwartete Rückkehr Stephens.

Er kehrt tatsächlich zurück, der wundervolle, untadelige, unversehrte Mann. Er hat diese ruhige und spöttische Miene, die ihn unwiderstehlich macht. Er geht langsam, fast nachlässig, als ob ihn irgendein unbekannter Gedanke völlig in Anspruch nähme. Selbst das Geräusch seiner Schritte auf dem Boden hat etwas Sinnliches. Er strahlt diesen unfreiwilligen Zauber aus, der manchmal von einer Geste oder dem Klang eines Wortes ausgeht. Er besitzt den unüberbietbaren Charme derjenigen, die nicht zur Kenntnis nehmen, daß man sie beobachtet, der Unbeteiligten, derjenigen, die geistesabwesend sind. Und dennoch bemerkt er in dem Augenblick, als er wieder neben ihr sitzt, Louises verstörtes Gesicht, ohne es zu erwähnen. Er ist ein Mann, der nicht über unerfreuliche Dinge redet.

»Ich habe mein Gesicht unter frisches Wasser gehalten. Ihr könnt euch nicht vorstellen, wie gut das tut. Diese Hitze wird uns noch umbringen.«

Ben wiederholt schon lange jedem, der es hören will, daß die Ventilatoren im Phillies nur dazu gut sind, die warme Luft umzurühren, die teuflische Feuchtigkeit zu verstärken. Zu bestimmten Tagesstunden erinnert die Temperatur an das Klima in den Tropen. Die Gäste beschweren sich darüber. Aber Phillies weigert sich hartnäckig, eine Klimaanlage zu installieren. Sie behauptet, das transportiere Mikroben, sie sagt »Viren«, und das mache krank, es sei nicht gut für die Gesundheit, die Wärme und die Kälte. In Wirklichkeit will sie keinen Dollar dafür ausgeben. Ben beweist tatsächlich große Geduld, wenn er einwilligt, unter diesen Bedingungen zu arbeiten, und wenn er die Klagen der Gäste den ganzen Sommer über erträgt. Er wird fast erleichtert sein, den Herbst nahen zu sehen. Und dennoch, auch wenn er es nie zugeben würde, ist er im Innersten davon überzeugt, daß er nirgendwo außer in diesem Brutkasten arbeiten könnte.

9

»Du findest, ich habe Unrecht, wenn ich versuche, die Dinge einfach zu machen?«

Stephen nimmt ihr Zwiegespräch dort wieder auf, wo sie es abgebrochen haben, bei der Frage, bei der Aufforderung, zu beweisen, warum man Verwicklungen, Verwirrung und Qualerei unbedingt der Amnesie, der Amnestie vorziehen solle. Er hat darüber nachgedacht, während er sich frisch machte, und er kann nicht verstehen, warum Louise ihm indirekt seine zu große Leichtfertigkeit beim Ausblenden dessen, was stört, seine Lässigkeit vorwirft, als beleidige er dadurch die Vergangenheit. Was schlägt sie statt dessen vor? Endlose Vorwürfe, schmerzhafte Erklärungen? Er ist aus Prinzip der Ansicht, daß Vergebung möglich ist, daß ein bewußtes Totschweigen häufig besser ist als unfruchtbare Diskussionen. Im Grunde ist er pragmatisch. Er interessiert sich für das, was geschehen wird oder kann, nicht für das, was geschehen ist. Er glaubt, daß nostalgische Gefühle zwangsläufig traurige Gefühle sind.

»Ich verurteile nicht das Vereinfachen. Aber ich mißtraue immer ein wenig dem Ungefähren und dem Vergessen. Beides ist nicht weit entfernt von der Lüge. Und die Lüge macht mir angst. Du weißt, daß mich nichts mehr verletzt als eine Lüge.«

Lüge: Das Wort ist ausgesprochen. Es kündigt die Abrechnung an, die Stephen befürchtet hat, auf die er jedoch vorbereitet ist. Im Religionsunterricht hat er gelernt, daß die Absolution erst erteilt wird, wenn die Sünden gesühnt sind. Er wartet darauf, daß das Gewitter ausbricht. Gewitter reinigen den Himmel. Das weiß er von den Meteorologen.

Louise ist erleichtert, daß sie das Wort ausgesprochen hat. Lüge. Sie wirft Stephen nicht vor, daß er sie verlassen hat: Das war sein gutes Recht. Nein, sie wirft ihm vor, daß er sie belogen hat, daß er sie hintergangen, vielleicht sogar manipuliert hat, daß er ihr zunächst verheimlichte, was sich in seinem eigenen Leben ereignete, daß er es wissentlich herunterspielte, als es darum ging, alles zu gestehen, daß er versicherte, in gutem Glauben gehandelt zu haben, wo seine Unaufrichtigkeit offensichtlich war, daß er versprochen hat, der Unordnung, die er selbst provozierte, ein Ende zu bereiten, daß er schließlich Hoffnungen in ihr geweckt hat, die er niemals erfüllte. Unter einer brutalen Trennung, die unerwartet auf sie zugekommen wäre, hätte sie selbstverständlich entsetzlich gelitten, aber weniger, viel weniger als unter diesem schrecklichen Todeskampf, diesem mit Kränkungen gepflasterten Kreuzweg.

Tatsächlich hatte sie seinem doppelten Spiel keine Beachtung geschenkt, zweifellos, weil sie nicht versuchte, irgend etwas zu bemerken. Es waren kleine Hinweise, winzige Anzeichen, die sie schließlich alarmierten, sie dazu brachten, eine »ehebrecherische« Beziehung zu vermuten, wie man es in den alten Familien nennt. Aber als sie endlich verstanden hat, war es schon zu spät. Das Unglück war geschehen, die Dinge zu weit gediehen, jede Umkehr undenkbar. Noch dazu hat sie den unwiderruflichen Charakter ihrer Trennung nicht gleich erkannt. Sie dachte, sie könnte das Wesentliche retten. Sie hat zunächst versucht, sich großherzig und verständnisvoll zu zeigen, aber in keiner Weise nachgiebig. Sie hat zugegeben, daß Irrtümer immer möglich sind. Und außerdem gehört sie nicht zu denen, die in Hysterie verfallen, die Ultimaten oder Forderungen stellen, die flehen oder drohen. Sie vertraut eher dem Verstand als dem Gefühl. Das ist in Liebesdingen unleugbar ein tragischer Irrtum. Ein Anfängerirrtum. Als sie spürte, daß ihre Großzügigkeit nicht den gewünschten Erfolg hat, entschloß sie sich, eine Entscheidung von ihm zu verlangen. Stephen schien dies ernst zu nehmen. Aber im Grunde hat er es immer verstanden auszuweichen. Er hat ihr versprochen, die Situation zu klären, ohne irgend etwas zu unternehmen, er hat damit Zeit gewonnen, um in dem Moment, als er zu einer Entscheidung gezwungen war, die günstige Wahl treffen zu können. Louise ist nicht die günstige Wahl gewesen. Ja, sie weiß, was eine Lüge ist. Ja, sie fürchtet die Dinge, die mit zu großer Einfachheit dargestellt werden. Sie hat ihre ganze Existenz in einen geschickt aufrechterhaltenen Schwebezustand gehüllt.

Genau dieser Schwebezustand hat ihr nicht erlaubt, sich auf das Verlassenwerden vorzubereiten, wenn man sich überhaupt auf eine solche Möglichkeit vorbereiten kann. Louise hat in keinem Augenblick an ein Ende ihrer Beziehung gedacht. Sie war auf eine Weise arglos, wie es nicht einmal die größten Naivlinge sind. Sie hatte eine Sicherheit, die niemals hätte erschüttert werden können. Sie war glücklich, sie war blind vor Glück. Stephen hatte sie von dieser Art Glückseligkeit nicht abgebracht, die im übrigen bei einem so scharfblickenden Menschen ziemlich unverständlich war. Die Neuigkeit von der Lösung ihrer Verbindung traf sie im Stand mit voller Wucht. Sie wurde in einer Sekunde weggefegt. Sie wurde davon verheert. Sie hatte einfach vergessen, sich zu schützen. Wie andere große Verunglückte wird sie nie wieder ganz über sich selbst verfügen können.

Das einzige, was Stephen ihr hinterließ, als er ging, war Zeit. Endlose Jahre, um ihre Trennung wieder und wieder an sich vorbeiziehen zu lassen, die Abfolge der Ereignisse, die Sequenz ihres Schiffbruchs. Lange Zeit hat sie nichts anderes tun können, als sich die schlimmsten Momente in Erinnerung zu rufen. Wie ein Wissenschaftler hat sie zu verstehen versucht, hat versucht, die weißen Stellen auszufüllen, die leeren Felder zu erkunden, die fehlenden Kettenglieder zu entdecken.

Mit ihrem Rückzug hat sie die Überzeugung gewonnen, daß die damals von Stephen getroffene Wahl nicht nur eine Wahl der Person war. Sie kannte Rachel, sie vermochte die Gründe auszumachen, derentwegen die Wahl auf sie gefallen sein könnte, aber der Unterschied zwischen ihnen beiden war nicht so groß, die Abweichungen nicht so offensichtlich. Nichts drängte sich als zwingender Grund auf. Wenn sie es genau bedachte, hatte Rachel den einzigen Vorteil einer gewissen Neuheit, die im übrigen ziemlich relativ war, wenn man in Betracht zog, daß Stephen und sie seit Harvard miteinander verkehrten. Die Männer erliegen, wie man hört, häufig der Versuchung einer etwas frischeren Haut und unerforschter Territorien. Aber nach Louises Ansicht war die wirkliche Wahl eine Wahl des Lebens. Eine etwas hochtrabende Bezeichnung, um zu unterstreichen, daß zwei Frauen, auch wenn sie einen ziemlich vergleichbaren Reiz aufweisen, nicht dasselbe »Profil« repräsentieren und bestimmt nicht dieselben Perspektiven eröffnen. »Um es zu vereinfachen«, da Stephen so für Einfachheit schwärmt, »war eine sehr anständige Erbin wesentlich besser als eine Provinzschauspielerin mit einer ungewissen Zukunft, eine angepaßte Kopie besser als eine derart unähnliche Hälfte, Sicherheit besser als eine Art Randexistenz, der Stolz der Eltern besser als ihr Zorn.« Um der Jugend zu entsagen, all dem, was sie an Hoffnungen, Prinzipien, Sehnsucht birgt, genügt in der Tat ein Schriftzug wie der, den man unter einen Heiratsvertrag setzt.

»Ist dir meine Einfachheit recht?«

»Das ist keine Einfachheit, Louise, das ist eine Vereinfachung.«

»Man wählt den kürzesten Weg, wenn man verzweifelt nach Erklärungen sucht.«

Ben mag nicht, daß Unterhaltungen diese Wendung nehmen. Er mag nicht, daß Leute sich gegenseitig Vorwürfe ins Gesicht schleudern, daß Zähne knirschen, daß Bitterkeit aufkommt, daß sich Ungemütlichkeit breit macht. Er steht nicht auf Stephens Seite, das ist klar, denn er steht ein für allemal auf Louises Seite, egal was sie tut. Und doch sieht er keinen Sinn darin, die Vergangenheit zu beschwören, wenn dies nur geschieht, um Verletzungen in Erinnerung zu rufen. Er denkt auch, daß Verjährung möglich, ja sogar wünschenswert sei, daß alle Trauer ein Ende hat. Und von anderen Sachen zu reden, würde ein Lächeln auf Louises Gesicht zurückrufen. Sie ist im Begriff, sich weh zu tun, und das geht ihm gegen den Strich. Er möchte ihr gerne sagen, daß sie keine Befriedigung aus diesen Abrechnungen ziehen wird, daß man seine Wunden nicht heilt, indem man sie erneuert. Er weiß das, einfache Leute wie er wissen das, ohne studiert zu haben, ohne es gelernt zu haben. Er fragt Louise, ob sie noch einen Martini möchte.

Sie wendet sich ihm zu, die Augen voller Mattigkeit, und diese bloße Bewegung versetzt Ben augenblicklich zurück in die Jahre davor, die Jahre des Kummers und der Mutlosigkeit. Er hatte diese Zeit der Niedergeschlagenheit fast vergessen, wo sie so hilflos schien, daß sie Mitleid einflößte, wo die Worte selten, die Gesten sparsam waren, wo das Phillies der einzige Ort war, an dem sie es überhaupt noch aushielt, so, als ob der Ozean zuviel Schönheit und ihr Haus zu viele Erinnerungen bereithielten. Sie erweckte damals wie in diesem Moment den Eindruck einer Frau, die dem Alkohol verfallen ist, mit ihrer Körperhaltung, den auf der Theke aufgestützten Ellbogen, den in die Wangen gestemmten Fäusten, dem zum Boden gewandten Gesicht, dieser Haltung aus Stumpfheit, Verlassenheit, fehlender Selbstkontrolle. Sie zeigte schon damals diesen verwaisten Blick, diese Unfähigkeit, eine Unterhaltung zu führen, ihre Aufmerksamkeit auf etwas zu konzentrieren. Sie schrieb düstere Stücke, in denen die Menschen am Ende starben, zermalmt von einem Schicksal, das sie nicht abzuwenden vermochten. Sie schien sich von ihrer Feder führen zu lassen, als ob nichts wirklich von ihr selbst abhinge. Für eine Frau ist Betrunkenheit eine unerhörte Schmach, viel mehr als für Männer. Sie erntet nur Schimpf und Schande, sie zieht die Blicke auf sich, sie provoziert angewiderte Gesichter. Dem Mann verzeiht man meistens und im übrigen unverdientermaßen einen solchen Zustand, oder aber man gewöhnt sich daran. Die Frau hat nicht den geringsten Anspruch auf Milde. Im Leben von Louise hat es einen Moment gegeben, wo Ben die letzte Hilfe war.

»So gleiche ich Caroline, nicht wahr, Ben?«

Nur weil sie beide regelmäßig und auf geheimnisvolle Weise in derselben Minute an dieselben Dinge denken, aber zweifellos auch, weil sie seine Bestürzung gesehen hat, wagt Louise diese Beschwörung, die Ben vor Entsetzen zu Eis erstarren läßt. Louise weiß, daß nur er den Sinn dieser Bemerkung verstehen kann. Er hat plötzlich das verwüstete Gesicht Carolines vor Augen, ihre großen traurigen Augen, ihre eingefallenen Wangen, ihren wächsernen Teint. Ben sieht tatsächlich blitzartig die erschöpften Züge von Louises Schwester, ihr abgezehrtes Gesicht der letzten Wochen. Er hört ihre fast erloschene Stimme, als es dem Ende zugeht, wie ein Hauch, ein Röcheln. Er erinnert sich an ein Wrack. Manchmal richtet der Alkohol ungeahnte Verheerungen an.

Die Malerei hatte Caroline nicht vor ihren Dämonen retten können. Die Verbannung in einen kleinen Ort namens Mandeville am Ufer des Pontchartrain-Sees im Norden von New Orleans hatte ihr auch nicht aus ihren Schwierigkeiten geholfen. Die nur mit dem Anblick von Sonnenreflexen auf einem Ölsee und dem Zeichnen von gleich wieder zerstörten Bildern verbrachten Tage, die Tage in Gesellschaft von stummen Menschen, die entschlossen waren, fern der Zivilisation zu leben, waren nicht geeignet, ihren Sturz aufzuhalten, ganz im Gegenteil, sie beschleunigten ihn noch. Als Caroline sich endgültig entschloß, nach Cape Cod zurückzukehren, war es zu spät.

Es blieb ihr nur noch, bei kleiner Flamme zu sterben. Es gibt Frauen, die sich selbst verlieren, wenn sie ihre Männer verlieren.

»Ich habe von deiner Schwester gehört. Ich wollte dich anrufen, aber es war natürlich kompliziert. Ich habe Caroline sehr gemocht.«

Stephen, dem die Bemerkung Louises natürlich nicht entgangen ist, fühlt sich verpflichtet, etwas zu sagen. Er war noch nie besonders stark im Äußern von Gefühlen. Er kennt die Sätze nicht, die man am Dramenende spricht. Er weiß, daß er ungeschickt ist, daß er die richtigen Worte finden sollte, aber es ist stärker als er: Er ist hilflos angesichts von Todesfällen, von Trauer, völlig entwaffnet. Louise nimmt ihm seine Nüchternheit nicht übel, die man für Gefühllosigkeit, für ein Abstandnehmen halten könnte. Sie kennt sein Unbehagen in solchen Situationen. Sie zweifelt keinen Augenblick an der Ernsthaftigkeit seines Kummers und an seiner früheren Zuneigung zu ihrer toten Schwester. Sicher, sie hätte es gerne gesehen, daß sich diese Zuneigung im Augenblick der Beisetzung gezeigt hätte, aber selbst das trägt sie ihm nicht nach. Sie ahnt, daß sein Schmerz aufrichtig ist, daß seine Gedanken sie in dieser Prüfung begleitet haben. Sie glaubt, vielleicht naiverweise, an die allumfassende Reinheit der Gedanken der Überlebenden im Angesicht des Todes eines teuren Menschen.

Stephen hatte auf der Stelle Sympathie für Caroline empfunden. Und außerdem, wer Louise schätzte, schätzte zwangsläufig auch Caroline und umgekehrt. Die Schwestern Cooper waren fast unzertrennlich. Gerade einmal ein Jahr lag zwischen ihnen. Louise war die jüngere. Dieselbe wahnsinnige Energie, derselbe Lebenshunger, dieselbe Verachtung für Banalitäten. Dies verdankten sie einer sehr progressiven Erziehung. Man hatte sie nur dazu angehalten, sie selbst zu sein, ihren freien Willen zu gebrauchen, unbeirrbar dem Weg zu folgen, den sie wählen würden. Sie hatten alle beide ein künstlerisches Fach gewählt, die eine das Theater, die andere die Malerei. Es war ihnen bewußt, daß es schwierig sein würde, daß sie sich für die Unsicherheit, vielleicht für ein entbehrungsreiches Leben entschieden hatten, aber das hatte sie nicht zurückschrecken lassen. Im Grunde waren sie schon sehr früh in der Lage gewesen, das zu formulieren, was sie wollten, und mit den Jahren hatten sie es schließlich erreicht, trotz der Hindernisse, der Geldsorgen, der Lust aufzugeben. Louise ist heute eine Autorin, die etwas gilt. Carolines Bilder werden sie überleben und sind der Stolz von Sammlern. Dennoch muß Louise daran denken, daß sie es nicht verstanden haben, ihr Glück festzuhalten. In welchem Augenblick haben sie sich geirrt?

Stephen war auf Anhieb beeindruckt gewesen von dem Willen und dem Eifer der beiden jungen Frauen, die ihrer Unbekümmertheit in keiner Weise schadeten, ja ihrer Frivolität einen bewundernswerten Charakter gaben. Sie waren entschlossen und fröhlich, widerspenstig und leichtsinnig. Sie zogen alle, die den Wunsch hatten, ihnen zu folgen, in ihrem Kielwasser mit sich. Er hatte zu denen gehört, die dieser Wunsch überkam. In die eine hatte er sich verliebt, die andere wurde seine Freundin. Und sie waren glücklich. Da ist er sich sicher. Was ist noch geblieben von dieser Zeit? Stephen und Louise haben sich verloren, und Caroline ist tot. Zu viel Trubel, zu viel Kummer, zu viel Alkohol. Oder nicht genug. Nicht genug Arme, die festhalten, die unterstützen, die führen. Nicht genug jener uneigennützigen Blicke, jener unbedeutenden Momente, die das wahre Leben ausmachen. Stephen graut vor der Zeit, die vergeht und die das wieder zurücknimmt, was sie gewährt hatte.

Von der Bar aus, deren Fenster geöffnet sind, glaubt man den tosenden Ozean zu hören, die rollenden Wogen, die gegen die Steilküste schlagen, den Zusammenprall des Wassers und des Granits am Grund. Die Sonne in der Ferne ist rot wie eine Drohung und steht tief am Horizont wie für einen langsamen Abschied. An das weiße Geländer angelehnt, das entlang der Straße vor dem Phillies verläuft, sinnen ein Mann und eine Frau über den Tag nach, der vergeht. Wollen sie ihn aufhalten? Ben wienert seine Theke.

10

Louises Telefon klingelt erneut. Auf dem kleinen Bildschirm tauchen wieder dieselben sechs Buchstaben auf. Norman ruft an. Norman ruft sie an. Sie packt das Telefon wie eine Rettungsboje, stottert eine für Stephen und Ben bestimmte Entschuldigung, geht mit steifen Schritten zur Eingangstür, die sie mit einer Hand öffnet, während sie mit der anderen auf den Knopf »on« drückt, der sie fast wie durch Magie mit dem Mann verbindet, den sie liebt. Sie ist noch immer beeindruckt von dieser Technologie, die die Entfernungen aufhebt, die die Stimmen transportiert, ohne daß sie sich von den Leitungen leiten lassen müssen. Sie ist auf ihre Weise eine Erdbewohnerin. Sie ist noch immer überrascht, daß die Lüfte Dinge zu ihr tragen.

»Wo bist du? Da ist ein Geräusch wie Wind.«

»Ich bin vor die Bar gegangen, um dir zu antworten. Ich habe keine besondere Lust, daß man unsere Unterhaltung hört.«

Und das stimmt, sie hat keine Lust, daß Stephen mitbekommt, was Norman ihr zu sagen hat. Vorhin, ganz zu Beginn, hätte sie es vielleicht witzig gefunden, daß Stephen und Norman sich treffen, daß sie sich im Phillies Nase an Nase vorfinden. Sie hätte sie einander vorgestellt. Sie hätte sich über dieses Zusammentreffen, über diese

Annäherung amüsiert. Sie wäre wahrscheinlich sogar stolz gewesen, Norman Stephen vorzuzeigen, wie man eine Trophäe vorzeigt, und ihrem früheren Liebhaber zu beweisen, daß sie in der Lage gewesen ist, ihr Leben wieder in Ordnung zu bringen. Stephen hätte ganz bestimmt die große Schönheit Normans erkannt, sein vornehmes Auftreten und vor allem diese Verrücktheit, die ihn wie ein Paß ausweist. Er hätte vielleicht so etwas wie Neid verspürt. Er hätte sich eingestehen müssen, daß er ersetzt worden ist. Und dabei gehört er zu jenen Männern, die insgeheim hoffen, daß die Frauen, wenn sie verlassen worden sind, sich dem Erstbesten in die Arme werfen oder einen schlechten Tausch machen. Bei Stephen ist dies nicht einmal Eitelkeit. Es beruht schlicht und einfach auf der Idee, daß er für Louise der Mann ihres Lebens gewesen ist und daß sich dies zwangsläufig nicht übertreffen läßt.

Inzwischen ist Louise fast beunruhigt über die möglicherweise bevorstehende Begegnung zwischen Stephen und Norman. Wenn sie am anderen Ende der Leitung ein »ich bin unterwegs, ich komme gleich« hört, wird dieses Treffen unvermeidlich. Und doch sagt ihr etwas in ihrem Innern, daß dies nicht die Worte sind, die Norman gleich sagen wird. Etwas Hartes, Schmerzhaftes, wie eine Zyste. Etwas, das gegen ihre Bauchwand stößt. Als wäre sie dabei, ein Monster zu gebären.

»Ich weiß nicht, womit ich beginnen soll.«

Dieser eine Satz erfüllt Louise mit den schlimmsten Befürchtungen. Logischerweise hätte es genügt, daß Norman sagte: »Es ist vorbei. Ich habe sie verlassen.« Es geht um Dinge, die einfach auszusprechen sind, mit dieser Einfachheit, wie man sie in der Bibel findet, Dinge, die geradeheraus gesagt werden können. Wenn man gute Nachrichten mitzuteilen hat, zögert man nicht, man kommt gleich zur Sache. Sie kann sich nicht einmal an die Hoffnung klammern, Norman spiele mit ihrer Ungeduld, mit ihren Nerven, wie es Eltern manchmal mit ihren Kindern oder Kinder untereinander tun, wenn sie sich ihre Geheimnisse zunächst verbergen und dann entdecken. Das wäre ein zu grausames Spiel, in diesem Fall ein Spiel von unverzeihlicher Grausamkeit. Nein, auf diesen einen Satz hin muß sie sich auf eine sehr schlechte Nachricht gefaßt machen, zumindest auf eine Enttäuschung, auf einen unerfreulichen Moment. Zu dieser Stunde müßte sie schon ihren Triumph genießen, den Mut Normans loben, die stärkenden Worte sagen, derer er nach dieser Prüfung bedürfte. Aber nichts von alldem. Man stelle sich vor: Norman weiß nicht, womit er beginnen soll!

»Vielleicht mit dem Anfang?«

Immer die Ironie. Immer die Lust an der Antwort. Aber die Ironie klingt reichlich bitter und die Antwort reichlich konventionell. Louise ist entwaffnet, sie weiß nicht, was sie sagen und wie sie sich verhalten soll. Sie beneidet diejenigen, die sich auf die größten Katastrophen vorbereiten, die sich den Anschein von Gleichmut in Luftlöchern geben können, die mit Ruhe die Abgründe betrachten, die sich unter ihren Füßen auftun oder die Stürme, die sie verschlingen. Sie gehört nicht dazu. Sie hat im Grunde nur ein paar Worte in ihrem Wortschatz, armselige Worte, und eine Tongebung zwischen Bedrücktheit und Gereiztheit, die die Niederlage durchblicken läßt.

»Du hast es geahnt: Es ist schlecht gelaufen. Tatsächlich, es hat schlecht angefangen. Es ist auch mein Fehler: Ich habe mich ungeschickt verhalten.«

Die Verantwortung für ein Scheitern zu übernehmen, ist das sicherste Mittel, daß es einem nicht vorgeworfen wird, daß man nicht wagt, es einem vorzuwerfen. Man möchte Mitleid und Sympathie erwecken. Man erhofft sich Verzeihung. Man beabsichtigt, den Zorn zu mildern, der ausbrechen könnte, und den Blitzschlag abzuwenden. Das Eingeständnis eines Fehlers ist ein großartiger Blitzableiter: Alle Kinder werden es bestätigen. Und das ärgert Louise, weil ihr dieser Mechanismus nicht unbekannt ist, und weil sein Einsatz bedeutet, daß man sie wie eine Idiotin behandelt. Sie zieht es immer vor, daß die Leute auf ihre Intelligenz setzen: Sie ist so unbescheiden zu glauben, sie könnten auf diese Art gewinnen.

»Ich war brutal. Ich wollte alles auf einmal sagen. Ich habe es zweifellos an Einfühlungsvermögen fehlen lassen.«

Einem Blinden springt ins Auge, daß Brutalität nicht Normans Wesen entspricht. Er ist von Hause aus ein salbungsvoller Mensch, manchmal etwas hysterisch, aber nie bösartig. In Wirklichkeit ist ihm jede Bösartigkeit fremd. Selbst wenn er versucht, bissig zu sein, klingt dies falsch. Seine seltene Aggressivität löst eher Lachen als Angst aus. Was er manchmal für Bosheit hält, ist allenfalls Tücke. Louise ahnt, wie schlecht er sich aus der Affäre gezogen haben muß, wie ungeschickt er gewesen sein muß. Kein Wunder, daß er sein Ziel verfehlt hat. Er hat sein Pulver bestimmt sehr rasch verschossen. Wenn ihre Existenz nicht auf dem Spiel stünde, würde sie dies charmant finden.

»Catherine war zuerst völlig platt, ich finde kein anderes Wort.«

Was erhofft er sich wohl? Daß sie ihm erklärt, daß sie das nicht wundert? Selbstverständlich war sie überrascht, schockiert, verblüfft, fassungslos. Natürlich war sie durch die Neuigkeit wie vor den Kopf gestoßen. Keine Ehefrau ist darauf gefaßt, daß ihr Mann ihr eröffnet, er betrüge sie und werde sie verlassen. In gewissen Situationen möchte Louise Norman ohrfeigen: Er hat manchmal solche Anwandlungen von Dummheit, daß nur noch Gewalt in der Lage ist, sie zu bremsen.

»Sie hat sich aufgebäumt.«

Louise merkt sich das Verb: aufbäumen. Sie haßt dieses Wort, das nur für Tiere paßt. Wenn Norman so sehr an dem Bild hängt, das in diesem Ausdruck enthalten ist, dann sollte er besser »sich dagegen stemmen« gebrauchen. Sie fühlt sich fast solidarisch mit Catherines Widerstand, mit ihrer Weigerung, die Information zuzulassen, die ihr mitgeteilt wurde. Im Grunde findet sie es normal, daß die betrogene Frau sich widersetzt, rebelliert, sich sträubt. Passivität in einer solchen Situation würde ihr verdammenswert, hassenswert erscheinen. Mit einem Wort: unverständlich. Es war richtig, ihr Stück Acker zu verteidigen, zu versuchen, die Absichten ihres untreuen Gatten zu vereiteln, sich gegen diese Form der Ungerechtigkeit ihr gegenüber zu wehren. Louise erinnert sich, daß sie sich nicht so verhalten hat, als sie sich in einer ähnlichen Lage befand, und daß sie verdammt unrecht hatte. Sie hatte damals nicht gekämpft, hatte sich nicht verteidigt: Man hatte sie für tot gehalten und liegen lassen.

»Irgendwann hat sie zu weinen begonnen.«

Ja, die Frauen weinen. Männer auch, manchmal, weniger, aber doch bisweilen. Die Menschen weinen, wenn sie verletzt sind, wenn sie Schmerzen haben, Norman. Das ist seit Beginn der Menschheit so. Tränen bilden seit Jahrhunderten das Band zwischen den Generationen. Das ist etwas, was weitergegeben wird, vielleicht besser als die Sprache. Das macht die Menschen einander ähnlich, denn die kummervollen Gesichter sind ein einziges Gesicht. Das bringt die Leute einander näher, sie entwickeln eine Art Brüderlichkeit untereinander. Auf denjenigen der weint, geht man zu wie sonst auf keinen anderen. Mit Tränen ist man gleichzeitig der Wahrheit der Menschen am nächsten. Catherine ist vielseitig.

»Ich wußte nicht mehr, was ich tun sollte.«

Diese Hilflosigkeit hat Louise zur Genüge kennengelernt. Diese Weise, die Arme sinken zu lassen angesichts einer Schwierigkeit, sich zurückzuziehen, sobald etwas kompliziert wird. Diese Neigung, nicht gegen die bestehende Ordnung zu handeln, vor den entscheidenden Wendepunkten aufzugeben. Man kann sich nicht vorstellen, was man der Bequemlichkeit und Trägheit, dem Hang zur Ruhe, dem Wunsch, nicht in seinen Gewohnheiten gestört zu werden, verdankt. Die beständigsten Paare haben auf dieses Fundament gebaut. Auf kein anderes.

»Du mußt verstehen, in welchem Maß dies eine Prüfung gewesen ist, auch für mich.«

Louise antwortet nichts. Übrigens hat sie seit Beginn des Gesprächs kein Wort gesagt. Sie weiß, worauf es hinauslaufen wird. Wenn man sie nur nicht bittet, zu »verstehen«. Sie hat verstanden. Sie hat schon bei den ersten Worten verstanden. Und außerdem kennt sie die Geschichte, die Norman erzählt. Sie könnte dieselbe erzählen. Es würde genügen, das Datum und die Namen der Protagonisten zu ändern. Sie erinnert sich sogar, einige Szenen über dieses Thema für ihr Theater geschrieben zu haben. Ja, sie »versteht«.

»Ich habe sehr gelitten.«

Es fehlte nicht viel, und sie hätte ihn bedauert, aber sie hat plötzlich die Lust verloren, sich dieser Art Übung hinzugeben. In der Tat, sie kommt sogar auf die törichte Idee, daß sie diejenige ist, die in dieser ganzen Geschichte zu bedauern ist, aber sie ist bereit, sich beweisen zu lassen, daß sie sich täuscht. Doch sie wird nichts sagen: Norman, der in seinem Egoismus badet, würde sie nicht hören. Sie wird nichts sagen, weil sie vor fünf Jahren ein erstes Mal geschwiegen hat, und wenn man einmal geschwiegen hat, schweigt man immer, selbst wenn man mit der Hand auf dem Herzen versichert, daß man das nächste Mal reden wird. Man schweigt, weil man nicht anders kann, weil man so gebaut ist, weil es ein Verhängnis ist, dem man nicht entkommt. Man schweigt, weil man nicht den Mut hat, die zerbrochenen Teile wieder zusammenzukleben, weil man zugibt, daß man verloren hat und daß jede Rückeroberung nur vorübergehend und illusorisch wäre. Man schweigt, weil Tränen verdammt gut in der Stille fließen.

»Ich möchte, daß du weißt, daß ich selbst nicht recht weiß, wo ich stehe.«

Nein, ganz bestimmt, sie wird kein Mitleid für ihn aufbringen. Sie unterschätzt nicht die Heftigkeit dessen, was er gerade durchgemacht hat, aber sie würde ihm gerne in Erinnerung rufen, daß er voraussehen konnte, was ihn erwartet. Sie akzeptiert die Vorstellung, daß er angeschlagen ist, aber was soll's. Man bestreitet keine Schlacht, ohne sich mit offenem Visier zu stellen, und man riskiert, daß man touchiert, daß man getroffen wird. Aber dieses Selbstmitleid ist in jedem Fall ein Schlag zu viel. Man sollte nicht übertreiben. Schauspieler haben die Tendenz, manchmal des Guten zu viel zu tun.

»Am Ende haben wir beschlossen, daß es zweifellos notwendig ist, uns Zeit zu geben.«

Norman ist Spezialist für wohlüberlegte Formulierungen und Rückzüge auf freiem Feld, die man in taktische Antworten ummünzen möchte. Wenn er zum »wir« übergeht, ist das von vornherein kein gutes Zeichen. Es ist seine Art, sich der Verantwortung zu entledigen oder zumindest die anderen in seine Mißgeschicke mit hineinzuziehen. Außerdem bietet es ihm Gelegenheit, seinen Reden ein wenig Feierlichkeit zu verleihen, als ob das in Frage stehende »wir« als ein Pluralis majestatis verstanden werden könnte. Wenn Norman etwas »beschließt«, kann man sicher sein, daß nichts in Ordnung gebracht ist, daß noch alles zu tun ist, daß lediglich die Probleme benannt sind, ohne daß irgendeine Lösung angestrebt worden ist. Und wenn Norman das Adjektiv »notwendig« gebraucht, bedeutet dies, daß er notgedrungen eine Abmachung akzeptiert hat, daß er sich dazu gezwungen sah, daß er keine andere Wahl hatte. Wenn Norman schließlich davon spricht, daß man »sich Zeit geben« müsse, so bedeutet dies vor allem, daß er welche gewinnen will, in der Hoffnung, daß die geschenkte Zeit wie durch ein Wunder die Situation klären und einen günstigen Ausgang herbeiführen werde. Das alles ist offensichtlich ebenso das Eingeständnis seines Scheiterns wie die Dokumentation seiner Feigheit.

»Du sagst nichts?«

Normans Frage klingt wie der Aufruf, Erbarmen zu haben. Er spricht sie im Ton eines Kindes aus, dessen Blick flehend ist und dessen Arm sich darauf vorbereitet, eine heftige Ohrfeige abzuwehren. Der untreue Liebhaber versucht zu vermeiden, eine Tracht Prügel abzubekommen. Dafür fällt ihm nur diese dumme Frage ein. Dabei hat er nichts zu befürchten. Louise wird nicht laut werden, sie wird nicht schreien wie eine Stiefmutter, die am Ende ihrer Geduld ist. Ihre Gelassenheit könnte der Beweis für ihre Würde sein, sie ist jedoch nur das offenkundige Zeichen ihres Schiffbruchs.

»Daraus schließe ich, daß du heute abend nicht ins Phillies kommst?«

Sie ergreift das Wort, nur um eine offene Tür einzurennen und ihnen beiden ihr Scheitern vor Augen zu führen. Sie ist sich absolut sicher, daß sie nicht mehr auf ihn zu warten braucht, daß sie überhaupt nicht mehr zu warten braucht. Daß sie von nun an allein ist, völlig allein. Daß sie die Frau ist, die sich an ihr Telefon klammert im Angesicht des Atlantiks, vor der Tür einer leeren Bar, und daß ihr nur noch bleibt, aufzulegen und sich von einer Klippe der Steilküste zu stürzen, wie dies jeden Sommer viele machen.

»Nein.«

Diesmal kommt die Antwort Normans schnell, entschlossen, bestimmt. Denn endlich ist die Sache klar. Auf diese Art Fragen kennt er die Antworten und liefert sie rasch. Nein, er wird heute abend nicht kommen. Er hält es nicht einmal für nötig, zu erklären warum. Für ihn ist das mehr als eindeutig. Es ist wie eine mathematische Wahrheit. Norman hat nicht einmal den Eindruck, Louise bis ins Innerste zu verletzen mit diesem »Nein«. Er ist überzeugt, daß es genügt, wenn er die äußerlichen Dinge regelt.

»Und die nächsten Tage, wirst du da kommen?«

Man muß den bittern Kelch bis zur Neige austrinken. Man muß alles erfahren, keinen Zweifel bestehen lassen, jedes Mißverständnis aus dem Weg räumen, auf die Gefahr hin, verrückt zu werden. Louise will hören, daß sie soeben verlassen worden ist. Daß sie ein weiteres Mal diejenige ist, die man nicht gewählt hat.

»Es ist zu früh, um das zu sagen. Und zu früh, um sich wiederzusehen. Man muß etwas zur Ruhe kommen.«

Etwas Ruhe? Seine Ruhe gleicht der Stille nach dem Tod. Und dieses »zu früh«, das sinnlos ist, das wieder nur dazu dient, zu lavieren, dem Hindernis nicht ins Auge zu sehen, das ein erneuter Winkelzug ist. Kann er nicht deutlich eingestehen, daß ihre Geschichte zu Ende ist, daß sie sich vollendet hat in der unbeständigen Klarheit eines Sonntagabends im September, in einer süßen Milde, im Chaos einer häuslichen Szene, in einem Moment entsetzlicher Feigheit? Ist das ein zu schwieriges Geständnis? Wirklich, Vernunftehen sollten nie aus dem Auge verlieren, was sie der Vernunft tatsächlich schulden.

Im Grunde ahnte sie, daß diese Geschichte so ausgehen würde. Wenn sie ganz ehrlich wäre, würde sie sogar so weit gehen, einzugestehen, daß sie es seit dem ersten Tag ahnte. Alles in allem ist sie nicht wirklich überrascht. Nur vernichtet.

»Ich rufe dich nächste Woche an.«

»Nein.«

Diesmal ist sie es, die nein sagt. Nein, er ruft sie nicht an. Er ruft sie nie mehr an. Überflüssig die Widerwärtigkeit andauern zu lassen.

Louise betrachtet den Ozean, atmet einen Schwall frische Luft ein, konzentriert ihre Aufmerksamkeit auf ein Boot in der Ferne. Dann kehrt sie in die Welt der Lebenden zurück. Die Liebespaare, die mit aufgestützten Ellbogen an dem weißen Holzgeländer vor dem Phillies lehnten, sind verschwunden. Sie sind sicher nach Hause gegangen. Oder aber sie sind vom Lärm der Wellen verschlungen worden.

11

Als sie durch die Eingangstür tritt, als das eigentümliche Klingeln ertönt, sieht sie, wie die beiden Männer, Stephen und Ben, verstohlen den Kopf wenden, um sich wieder ihrer Beschäftigung zuzuwenden, der eine seiner legendären Theke und der andere seiner nicht minder wichtigen Tätigkeit. Wenn ihr nach Lachen zumute wäre, würde sie sicher lachen. Aber sie ist ein wenig erschöpft, ein wenig zermalmt.

Sie haben sie offenbar dabei beobachtet, wie sie draußen auf der Straße telefonierte, und nun tun sie so, als hätten sie, bevor sie wieder hereinkam, nichts anderes getan, als das, was sie im Augenblick zu tun vorgeben. Erst als sie sich ihnen nähert, geben sie sich den Anschein, ihre Anwesenheit zu bemerken, aber ihr ist klar, daß sie sie ansehen, als schulde sie ihnen eine Erklärung. Man hätte meinen können, sie hätten ihr Gespräch verfolgt und erwarteten, daß sie ihnen, wenn nicht den Inhalt, so doch die Teile, die noch fehlten, liefern würde. Sie hat keine Sekunde lang daran gedacht, sie darüber zu informieren, was sie gerade erfahren hat, es schien ihr keine Frage, daß sie ihnen nichts erzählen würde, erstens, weil das alles nur sie betrifft und zweitens, weil sie keine große Lust hat, demütigende Geständnisse zu machen. Aber ohne daß sie es gewollt hätte, ohne daß sie es beschließt, hört sie zur gleichen Zeit wie Stephen und Ben den Klang ihrer eigenen Stimme:

»Norman wird nicht kommen.«

Ja, das entfährt ihr. Das kommt aus ihr, als wäre es stärker als sie. Das gewinnt die Oberhand über sie. Die Verzweiflung macht sich manchmal breit.

Nur Ben ist in der Lage, die Worte zu verstehen, die soeben ausgesprochen worden sind. An seiner bestürzten Miene erkennt Louise, daß er sie genau verstanden hat. Der Kellner scheint im selben Moment von Traurigkeit überwältigt zu sein. Er nähert sich ihr flüchtig und zieht sich sofort wieder zurück, weil er gelernt hat, daß Louise Gefühlsausbrüche und Zeichen von Solidarität nicht schätzt. Und doch würde er gerne noch einmal irgend etwas sagen, keine Fragen stellen, denn er kennt alle Antworten in einer, aber eine Art »Brüderlichkeit« beweisen. Sein Mund bleibt stumm, weil er die Formulierungen nicht kennt, die in diesem Fall angebracht wären und weil ihn die Gegenwart Stephens hindert, Worte zu finden. Jetzt zu reden, von Norman zu reden, hieße, Louises Intimität zu verletzen, ihr zu rauben, was nur ihr gehört. Die Theke wird niemals blanker geputzt sein.

»Darf ich fragen, wer Norman ist?«

Stephen nimmt nun am Spiel teil. Er hat rasch erkannt, daß er seit einigen Augenblicken ausgeschlossen war, und daß Louise eine Person heraufbeschwört, die nur sie und Ben kennen. Aus der Mitteilung, daß dieser Norman »nicht kommen wird«, hat er geschlossen, daß zweifellos die Möglichkeit bestand, daß er kommt. Darauf hatte man ihn nicht vorbereitet. Er macht deshalb niemandem einen Vorwurf. Immerhin, wenn ein Vorname preisgegeben wird, bewahrt einen das Wissen, wem er gehört, davor, als Idiot zu sterben.

Louise ist fast erleichtert, daß Stephen die Frage gestellt hat. Es ist eine merkwürdige Erleichterung. Man bietet sich an, ihr eine Last abzunehmen: Sie wird sich ihrer entledigen. Danach wird sie sich vielleicht weniger schwer fühlen, weniger unwiderstehlich in den Abgrund gezogen. Reden ist die Gelegenheit, den Kopf wieder zu erheben. Sie sieht, wie Ben sie mit einer gewissen Besorgnis aus dem Augenwinkel beobachtet. Er fragt sich wahrscheinlich, wie sie die Dinge in Worte fassen kann.

»Das ist der Mann, mit dem ich bis vor fünf Minuten ein Paar bildete.«

Louises Stimme klingt eher spöttisch als verzweifelt. Eher ironisch als eindeutig traurig. Und erstaunlicherweise hat sie keine große Anstrengung entfalten müssen, um diesen Ton zu finden. Die Worte sind einfach so mit diesem Unterton gekommen. Das bedeutet nicht, daß sie nicht niedergedrückt ist oder daß sie plötzlich gelernt hat, über sich hinauszuwachsen. Diese offensichtliche Gleichgültigkeit befreit sie keineswegs vom Schmerz. Das Geständnis ist eigentlich nicht schwer. In der Praxis könnte es sich als heilsam erweisen, denkt sie bei sich.

Stephen zeigt seine Überraschung. Mit demselben Satz erfährt er, daß Louise eine Beziehung hatte, was er sich denken konnte, aber was für ihn doch schwer vorstellbar war, und daß diese Beziehung gerade bei einem fünfminütigen Telefongespräch, das harmlos hätte sein können, geplatzt ist. Er stellt sich gleichzeitig vor, daß er, Stephen, ohne diesen Telefonanruf die Bekanntschaft des famosen Norman gemacht hätte. Intuitiv glaubt er, daß ihm das keinen Spaß gemacht hätte. Es gibt Trennungen, die wie gerufen kommen.

Dennoch spürt er, daß er etwas sagen muß, daß er nicht mit dieser verblüfften, dummen Miene sitzenbleiben kann, ja, er versteht jetzt die abgebrochene Geste, die Ben gerade eben machte, diesen liebevollen Versuch. Aber er ist nicht Ben. Ihm ist es nicht verboten zu reden, von ihm wird nicht einmal Zurückhaltung erwartet. Im Gegenteil, er hat fast unabweisbar die Pflicht, etwas zu sagen. Er haßt diese »unabweisbaren Pflichten«, und er weiß schon im voraus, daß er sich nicht besser aus der Affäre ziehen wird, als er es tat, als es darum ging, die Erinnerung an die tote Schwester wachzurufen. Im ganzen verfügt er nur über wenige Sekunden, um sich zu blamieren.

»Das tut mir leid.«

Er hat es vorhergesehen: Er ist nicht begabt für heikle Situationen. Konnte man auf eine plattere, eine konventionellere Formulierung kommen? Es ist fast zum Lachen. Und dann diese Eleganz im Ton, als ob man Beileidsbezeigungen in einer bürgerlichen Umgebung ausspräche … Nein, in der Tat, er hat keinen Sinn für Formeln und noch weniger für Situationen. Er ist verlegen, um so mehr, als Louise ihn mit enttäuschter Miene, fast bestürzt beobachtet. Er scheint, gerührt zu sein.

»Wirklich, ich fühle aus ganzem Herzen mit dir.«

Er startet einen neuen Versuch, wie jene Leute, die nach Verlusten im Spiel wieder zu gewinnen hoffen und am Ende mit leeren Taschen dastehen. Diesmal tut er des Guten zu viel. Für gewöhnlich geht er ökonomisch vor. Wenn das so weiter geht, wird man ihn bitten, sich daran zu halten. Er möchte gerne glauben, daß seine Ungeschicklichkeit der beste Beweis für seine Aufrichtigkeit ist. Immerhin muß er ehrlicherweise zugeben, daß es nicht die Trennung ist, von der er gerade erfahren hat, die ihn betrübt, sondern Louises Traurigkeit und das böse Geschick, das sie verfolgt. Louise hat kein Glück mehr mit den Männern.

»Auch ich habe die Erfahrung von ein paar Trennungen hinter mir. Ich glaube, ich errate die Verheerungen, die das verursachen kann.«

Endlich: Er findet die Offenheit, die zweifellos fatale Wirkung seiner aufgesetzten Sätze auszugleichen. Plötzlich scheinen ihm Authentizität und Spontaneität die einzigen Mittel zu sein, um sich von einer stickig gewordenen Umgebung zu befreien. Vielleicht ist der Augenblick gekommen, sich auszuliefern, um aus dem Schlackenhaufen herauszufinden, der Augenblick, alles auf den Tisch zu legen, um endlich einen Gleichstand zu erreichen, der Augenblick, alles auszustoßen, um sich erleichtert fühlen zu können. Stephen Townsend macht Louise Cooper ein Geschenk, das er ihr noch nie gemacht hat.

»Ich werde nicht auf unsere eigene Trennung zu sprechen kommen. Du und ich, wir wissen ganz genau, welche Anstrengungen und wieviel Zeit es gebraucht hat, um sich voneinander zu lösen.«

Stephen spricht dieses Problem das erste Mal an. Jedermann weiß, daß ihm diese Art von Bekenntnissen nicht liegt. Er hat Angst davor, die Vergangenheit heraufzubeschwören, und er kann seine persönlichen wunden Punkte nur schwer eingestehen. Natürlich spricht er davon, um zu sagen, daß er nicht davon sprechen wird. Er ist übrigens von diesem Paradox überzeugt. Aber allein die Tatsache, daß er das Geschehene beim Namen nennt ist ein Ereignis. Louise antwortet nicht auf seine Bemerkung. Sie begnügt sich damit, Stephen fest und gerade in die Augen zu blicken. Wenn es ihm gelänge, ihren Blick auszuhalten, könnte er darin ebensoviel Groll wie Dankbarkeit entdecken.

»Du mußt wissen, meine Trennung von Rachel ist nicht nur unerquicklich, sie ist auch ein wenig schmutzig. Ich nehme an, schlechte Heiraten führen zu schlechten Scheidungen.«

Er ist jetzt bereit, die Geschichte zu erzählen. Jetzt sind sie soweit. Jetzt sind sie in der Lage, ihre aus der Bahn gebrachte Existenz zu teilen, ihr aufgelöstes Zuhause, ihre gescheiterten dreißiger Jahre. Er ist bereit zu erzählen, nicht wie Rachel sich zwischen sie schob, das Paar, das Louise und er waren, diese Episode kennt Louise auswendig, sondern wie sie in seinem Leben geblieben ist, wie sie sein Leben beherrscht hat, wie sie es verdorben hat. Das hat sich nach und nach schleichend angedeutet, nachdem die erste Zeit der Verführung, der Raserei vorbei war. Rachel hat sich in aller Stille durchgesetzt, sie hat ihren Platz eingenommen und es so angestellt, daß sie nicht mehr daraus zu vertreiben war, sie hat sich eingerichtet, und eines Tages ist sie das geworden, was sie sich, als sie zwanzig war, erträumte: Madame Stephen Townsend. Sie hat geduldig ihr Netz gesponnen. Eine bewundernswerte Arbeit, ein Werk mit einem langen Atem, wenn man es bedenkt. Man könnte fast applaudieren.

Kurze Zeit nach ihrer Hochzeit begannen die Dinge, sich negativ zu entwickeln. Schluß mit der Verführung. Platz für eine geordnete Existenz, in der jeder seine Rolle übernehmen mußte. Es galt ein Haus zu finden, den Alltag mit den Schwiegerelternbesuchen zu organisieren, den Rasen zu mähen, Antiquitäten zu ergattern, sich bei Theaterbesuchen zu zeigen, bei offiziellen Feierlichkeiten aufzutreten, Friseur- und Zahnarzttermine wahrzunehmen, und dann natürlich auch, eine Familie zu gründen. Denn Rachel ist sehr schnell schwanger geworden. Arthur, der ältere, ist schon vier Jahre alt. Die Nachricht von Rachels Schwangerschaft hatte Stephen aus der Fassung gebracht. Er hatte eigentlich keine Kinder gewollt. Das ist über ihn hereingebrochen wie anderen der Himmel über dem Kopf zusammenstürzt. Um so mehr, als er überzeugt war, daß Rachel weiterhin die Pille nahm. Sie hatte ihm naiv erklärt, daß sie sie tatsächlich abgesetzt habe, ohne auf den Gedanken zu kommen, sie könnte schwanger werden. Er hatte ihr nicht geglaubt, es ihr aber nicht gesagt. Eine Form von Takt, für gewisse Leute. Von Feigheit für andere. Er hat immerhin geäußert, daß diese Vaterschaft ihm übereilt erscheine, daß er nicht wirklich darauf vorbereitet sei und daß er es vorgezogen hätte, sich etwas Zeit zu lassen, um ganz bereit zu sein. Rahel hat nichts von dieser kaum verhüllten Bitte einer Abtreibung hören wollen. In ihrer Familie treibt man nicht ab, man legt sein Schicksal in Gottes Hand. Stephen fühlte sich in der Falle. Im folgenden Winter ist Arthur auf die Welt gekommen.

Stephen liebt seinen Sohn, seine Söhne. Im Grunde haben sie ihn von der tiefen Langeweile, in die ihn seine Ehe gestürzt hat, abgelenkt. Denn genau das könnte er Rachel vorwerfen: aus ihrem Leben etwas Langweiliges, Förmliches, Eintöniges gemacht zu haben. Keine Überraschung mehr, keine Würze, nur eine lange Litanei, eine unendliche Abwandlung derselben Momente, eine Abfolge von Gewohnheiten und voraussehbaren Rendezvous mit denselben Freundespaaren, eine Verdoppelung der Ferien an denselben Orten, eine Wiederholung derselben alltäglichen Sätze. Ein Rückgrat ohne Fleisch steht ihm vor Augen. Ein Skelett. Ein hartes und totes und brüchiges Ding.

Nach nicht ganz einem Jahr ist Vincent geboren. Es ist schrecklich, das zu sagen, aber ihr zweiter Sohn verdankt sein Leben nur dem Versuch, ihre Ehe zu erhalten, sie vor der Auflösung, vor dem Zusammenbruch zu retten. Ja, ein Kind als Rettungsboje, als letzte Chance, ehe man alles aufgeben muß, eine letzte Karte, ehe man die Niederlage eingesteht. Aber das hat nicht gereicht. Sie haben nichts gerettet. Der Niedergang hatte lange bevor das Kind empfangen wurde begonnen.

Stephen liebt seine Söhne, er wiederholt es, falls Louise es nicht glauben sollte. In dieser Hinsicht ist ihr kein Zweifel erlaubt. Die Umstände, unter denen die beiden empfangen worden sind, zählen nicht. Es spielt keine Rolle, ob es sich um einen Zufall oder um ein falsches Motiv handelte. Sie sind da, sie wachsen heran, und er liebt sie. Er versichert, daß Kinder das genaueste und grausamste Maß für die vergehende Zeit sind. Die Kinder haben ihn altern lassen.

Er fragt sich, wie häufig er sie sehen wird, wenn die Scheidung erst einmal ausgesprochen ist. Er weiß, daß sie weniger zu sehen nicht bedeutet, weniger zu altern. Er weiß auch, daß sie ihm fehlen werden, selbst wenn er in den Momenten, in denen es ihm erlaubt sein wird, sie in den Armen zu halten, in ihren Gesichtern das Gesicht ihrer Mutter erkennen wird, und dadurch die wenig erfreuliche Erinnerung an ein unglückseliges Eheleben wieder aufersteht. Er weiß schließlich, daß sie ihn ohne Bosheit in seine verlorene Kindheit, in seine schönsten verscherzten Jahre zurückversetzen werden.

Louise denkt daran, daß sie keine Kinder hat, daß sie die Mutterschaft nicht kennengelernt hat. Denen, die danach fragen, antwortet sie, daß dies ein bewußter Entschluß sei. Aber in Wirklichkeit weiß sie nicht mehr, was sie selbst gewählt hat und was sich aufgedrängt hat.

Obwohl es niemand von ihm verlangt hat, geht Stephen zum Schluß auf die materiellen Details der bevorstehenden Scheidung ein, auf den obszönen Charakter der Verhandlungen zwischen den Rechtsanwälten, auf die fürchterliche Schäbigkeit der Gütertrennung. Er erwähnt das aufsehenerregende Umschwenken einiger angeblicher Freunde oder Verbündeter, die haßerfüllten Blicke, die die ehemaligen Ehegatten füreinander übrig haben, die Abrechnungen und die Niederträchtigkeiten. Er erinnert sich nur unter großen Schwierigkeiten daran, daß sie sich einmal geliebt haben. Er ist überzeugt, daß ihm alle Schuld zugesprochen wird.

»Immerhin bin ich es, der sie betrogen hat.«

Louise hat den ganzen Bericht angehört, ohne ein Wort zu sagen. Sie ist wie versteinert durch Stephens Offenheit, die einer Katharsis gleicht. Sie entdeckt das, worauf sie selbst in ihren Racheträumen nicht gekommen wäre. Sie stellt fest, daß das, was sie, ohne richtig daran zu glauben, vorausgesagt hat, eingetreten ist, ja, daß ihre Voraussagen weit übertroffen worden sind. Sie empfindet keine Genugtuung dabei, wirklich nicht. Sie hat einen entsetzlichen Aschegeschmack im Mund. Sie denkt ihrerseits über die ruinierten Jahre nach.

Auch Ben hat sich nicht gerührt. Er versucht zu verstehen, wie zwei strahlende und verliebte junge Leute mit dem Appetit ihrer ungefähr zwanzig Jahre zu diesen wahrscheinlich verbitterten, in jedem Fall jedoch verbissenen Dreißigjährigen werden konnten, die sich, ohne es einzugestehen, in der schmerzlichen Trauer über das, was sie gewesen sind, verzehren.

12

Die Dämmerung von Cape Cod fällt über die Veranden der benachbarten Villen herein, auf denen junge Frauen mit bloßen Schultern bis zum letzten Moment die Sonnenstrahlen ausgenutzt haben. Die Schaukelstühle knarren in dem leichten Wind, der aufkommt und nun vom Ozean herweht. Eine Schaukel bewegt sich, ohne daß sie jemand in Gang setzt. Ein Zittern läuft über die Dünen und bringt die elektrischen Leitungen an den Masten entlang der Küstenstraße in Schwingung. Eine amerikanische Fahne knattert irgendwo vor sich hin. Hier schließt man ein Fenster, dort zündet man eine Lampe an. Etwas weiter schwanken die Boote wie Schatten unter einem orangefarbenen Himmel, und man hört die Signalglocken der Masten. Es ist eine Momentaufnahme von Chatham, Massachusetts.

Ins Phillies kommt heute mit Sicherheit kein Gast mehr. Sonntag für Sonntag ist es im Grunde dasselbe. Man könnte sich fragen, warum man immer noch daran festhält, geöffnet zu haben. Der alte Carter hat eine Erklärung: Er behauptet, die Bar sei ein Leuchtturm, und Leuchttürme würden nie schließen, sie erhellen die Nächte. Ben hat den Eindruck, so etwas wie ein Leuchtturmwärter zu sein. Louise und Stephen denken nicht daran aufzubrechen. Die Stille der Bar beschützt sie und niemand erwartet sie.

So weit ist es mit ihnen gekommen: Da ist niemand mehr, der auf sie wartet. Sie sind allein, so allein, wie es nur alte Menschen sind. Sie haben den scheuen Blick der Einsamkeit. Sie haben den kurzen Atem der Erschöpften. Sie haben die verlangsamten Bewegungen derer, denen alles genommen ist. Sie suchen Schutz in einer abgelegenen Bar, am äußersten Rand eines Kontinents. Sie lassen ihr Leben an sich vorbeigleiten, wie andere beim Gebet den Rosenkranz durch die knochigen Finger gleiten lassen. Sie sind am Ende von irgend etwas angelangt, ohne schon in der Lage zu sein zu entdecken, was für sie neu beginnen könnte. Sie haben sich verirrt.

In dieser Verirrung, die sie vereint, wäre es ihnen fast möglich, sich endlich ruhig miteinander zu unterhalten und eine Art Zartheit zwischen sich aufkommen zu lassen. Zweifellos müßten die Geschwüre aufbrechen, das schlechte Gedächtnis gesühnt, die Geständnisse akzeptiert, der Platz freigeräumt werden, damit sie am Ende fähig wären, sich einander ohne Hintergedanken, ohne Beleidigungen, ohne Gewissensbisse oder Rachegefühle, ohne Bitterkeit zu begegnen. Und wenn es von jetzt an genügte, sich gehen zu lassen, sich keine Fragen mehr zu stellen, den Augenblick so zu nehmen, wie er ist? Das wäre wie eine Entspannung, ein Druck, der nachläßt, ein Arm, der sich lockert, eine Hand, die sich öffnet, wie wenn die Anstrengungen oder die Beklemmungen zu Ende wären.

»Du bist mindestens so übel dran wie ich, das ist tröstlich, aber wir haben das Schwierigste hinter uns, nicht wahr?«

»Das Schwierigste? Ich weiß nicht, jedenfalls das Härteste.«

Louise stimmt den Worten Stephens zu, aber sie möchte sie ein wenig zurechtrücken, sie ist wie immer um Genauigkeit bemüht. Ja, sie haben von jetzt an ähnliche Empfindungen: Die anfängliche Unbehaglichkeit hat einer eher angenehmen Verwirrung Platz gemacht, die Verlegenheit des ersten Moments ist verschwunden zugunsten einer zärtlichen Schüchternheit. Ja, es ist beruhigend zu wissen, daß sie einen ähnlichen Weg gemacht haben, daß sie sich bis zu dem Punkt, an dem sie sich nun befinden, begleitet haben, ohne sich dessen bewußt zu sein. Ja, sie haben Gefahren besiegt, haben eine gewisse Anzahl von Hindernissen überwunden, aber sie haben es ohne die Hilfe des anderen getan, kraft ihres eigenen Willens, sie haben die erforderliche Energie aus sich selbst geschöpft. Von jetzt an müssen sie sich einander stellen, erneut wie ein Duo, wie ein Paar leben. Louise hat allen Grund zu bezweifeln, daß sie das Schwierigste hinter sich haben.

»Ich habe oft an dich gedacht. Es war immer ein heiterer Gedanke.«

»Ich habe mit deinem Gespenst gelebt. Es war oft ein düsterer Gedanke. Aber am Ende finden wir uns wieder.«

Sie kennen die Unterschiede ihrer Gewichtungen. Stephen unterschätzt nicht die traurige Zeit, die Louise durchgemacht hat, selbst wenn ihm dieser Zustand völlig fremd ist. Es stimmt, jedesmal, wenn er an sie dachte, war es ein Vergnügen. Er rief sich die glücklichen Tage in Erinnerung, das Lachen, die Unbekümmertheit, die Frivolität, die Lebhaftigkeit. Sich daran zu erinnern, war seine Art, das zu würdigen, was sie gewesen waren, sie vor einem elenden Untergang zu schützen. Seine Art auch, der betäubenden Stille seiner neuen Existenz, der entsetzlichen

Langeweile einer irrtümlichen Ehe zu entkommen. Sie bewahrte natürlich nur die Bitterkeit. Sie brauchte sich nur Stephen in den Armen Rachels vorzustellen, und schon war der Schmerz grenzenlos. Stephens Körper hat ihr entsetzlich gefehlt: Diese Abwesenheit hat alles andere überschattet, sie hat sie fast in den Wahnsinn getrieben. Nun finden sie sich tatsächlich wieder.

»Hast du dir das vorstellen können?«

»Nein, ich habe mich gezwungen, meine Erinnerungen zu verdrängen. Und mein Leben außerhalb von dir zu konzipieren. Aber sei unbesorgt, den Schmerz habe ich überwunden. Im Grunde hast du mir Kraft geschenkt.«

Und es stimmt, das was sie aufgebaut hat, das, was sie heute ist, verdankt sie ihm in mannigfacher Hinsicht. Die Theaterstücke hätte sie nicht geschrieben, wenn sie an seiner Seite geblieben wäre. In der Zeit ihres Zusammenseins hatte sie wohl zu schreiben versucht und nach vielen Anstrengungen, Anläufen, Streichungen schließlich einen etwas schrägen Text in die Welt gesetzt, den sie trotzdem gern mochte. In Wirklichkeit ist sie erst nach ihrer Trennung wirklich produktiv geworden, sie hat sich blindlings dem Zauber des Schreibens hingegeben, sie hat ihre überzeugendsten Texte hervorgebracht. Die Abwesenheit des Mannes wäre nicht unbedingt nötig gewesen, aber die Verfügbarkeit, die ihr diese Abwesenheit bescherte, hat ihr erlaubt, sich ehrgeizigeren Versuchen zuzuwenden. Erfolg hat sie nach seinem Weggang gehabt. Sie weiß nicht, ob man darin einen Zusammenhang sehen muß, aber die Reihenfolge ist eindeutig.

Die Kraft weiterzumachen hat sie aus dem elementaren und unteilbaren Wunsch geschöpft, ihr Leben wieder in Ordnung zu bringen, zu zeigen, daß sie dazu fähig, daß dies möglich ist. Die Schreibwut verdankt sich ihrem Willen zu kämpfen, sich zu beweisen, »sich wieder aufzubauen«, wie man im Psychologen-Kauderwelsch sagt. Man wird das für pathetisch halten, und sie ist bereit, das zuzugeben. Aber sie ist überzeugt, daß sie das Schreiben schlicht und einfach vor dem Tod bewahrt hat.

»Du hast mir für immer die Lust an der Unabhängigkeit geschenkt. Ich könnte heute nicht mehr darauf verzichten.«

In der Tat, Stephen hatte von ihr gelernt, daß man mit jemandem zusammenleben kann, ohne in dessen Leben einzugreifen, ohne offen oder heimlich von ihm zu verlangen, auf das zu verzichten, was er in seinem Kern ist. Er war immer wieder verblüfft gewesen über Louises absoluten, nicht verhandelbaren Respekt vor der Freiheit des anderen, über ihre fast geschlossene Weigerung ihn zu verändern, ihn zu verbessern. Sie erzählte oft im Spaß, sie habe Stephen in einem bestimmten Zustand erhalten und sie würde ihn in demselben Zustand zurückgeben, damit man ihr nicht den Vorwurf mache, sie habe ihn deformiert, verkrüppelt, seiner Ecken und Kanten beraubt oder ihn irgendwie veredelt. Sie hat letzten Endes an keine seiner Qualitäten und an keinen seiner Fehler gerührt. Sie hat alles unbeschädigt gelassen. Er hat sich nie verleugnen, nie widersprechen, nie korrigieren müssen. Er ist in all seinen Wahlen frei gewesen. Den unschätzbaren Wert dieser Straffreiheit hat er erst nach seiner Hochzeit entdeckt. Zu spät.

Und plötzlich sehen sie sich mit Zärtlichkeit, mit einer Art Dankbarkeit an. Der Blick ist wie ein Schuldeingeständnis, wie eine Entschuldigung für den Schmerz oder für die Abwesenheit, wie ein Bedauern über das, was war und das, was hätte sein können.

Sie sprechen miteinander und sie betrachten sich, ohne sich dabei um Ben zu kümmern; nicht, weil sie ihn ignorieren, sondern weil es sie nicht stört, wenn er Brocken oder den ganzen Inhalt ihrer Unterhaltung mitbekommt, wenn er bei ihrer Versöhnung dabei ist. Bei großen Anlässen wie Hochzeiten, Duellen, Verbrechen braucht man einen Zeugen. Ben ist der ideale Zeuge, der von beiden zugelassen ist. Und er ist diskret. Genaugenommen hätte sich ihre Wiederbegegnung nicht ohne seine wohlwollende Gegenwart abspielen können.

»Benjamin, Sie sagen gar nichts. Sie, der Sie uns in- und auswendig kennen, vielleicht besser als wir uns selbst, Sie haben doch bestimmt eine Meinung über das, was sich in dieser Bar ereignet, oder?«

Aber Ben sagt nichts, weil er nie etwas gesagt hat, weil Kellner in Bars nichts sagen; sie hören zu, sie stimmen zu, sie nicken, und sie fahren fort zu kehren, weil sie dafür bezahlt werden. Ein Kellner hat einen zugleich konzentrierten und zerstreuten Gesichtsausdruck, er erweckt den Eindruck, sich für ihre Unterhaltung zu interessieren, aber er gibt ihnen im selben Moment, nur mit den Augen, die in eine andere Richtung blicken und Dienstbeflissenheit erkennen lassen, zu verstehen, daß er sich um die anderen Gäste kümmern muß, daß er zwar gerne bleiben und sich mit ihnen unterhalten würde, aber daß er Verpflichtungen hat, bedienen muß. Und wenn er redet, dann nur, um Banalitäten von sich zu geben, über das Wetter, die Regierung, die Steuern, nichts Wichtiges, nein, nichts, was Aufmerksamkeit verdiente, es ist wie ein Hintergrundgeräusch, ein familiäres Gemurmel, er wirft ihnen den Ball zurück, damit sie in ihrer Geschichte fortfahren. Ben denkt, daß er ein Kellner wie jeder andere ist, daß er dieser Bestimmung nicht entkommt, er ist im übrigen sehr zufrieden mit seiner Lage, er will sie nicht ändern, er sieht nicht ein, warum er sie ändern sollte. Natürlich, manche Gäste sind weniger lustig als andere, manchmal braucht man Geduld und muß an sich halten, damit man nicht ausrastet. In bestimmten Situationen ist er kurz davor, die Beherrschung zu verlieren, seine Gelassenheit aufzugeben, loszubrüllen, aber da ist Phillies, die alles im Auge hat, die allein durch ihre stumme und massive Gegenwart jeden Ausrutscher verbietet. Ben sagt also wirklich fast nichts. Und nun fordert man ihn plötzlich auf, sich auszusprechen, eine Meinung zu haben und sie zu äußern, und, was noch schlimmer ist, in einer kirchenartigen Stille – er bevorzugt das Getöse, das ist er gewohnt –, das Wort vor einem aufmerksamen Publikum zu ergreifen. Einverstanden, das Publikum besteht nur aus zwei Leuten, aber diese zwei sind genau die, um die es in der Frage geht. Er wird es bestimmt nicht können, das ist nicht sein Ding. Warum hat Stephen eine so unsinnige Idee gehabt? Er ist doch kein übler Kerl. Man muß sich fragen, welcher Teufel ihn geritten hat, daß er Ben in eine solche Zwangslage bringt. Ben ist ihm nicht böse, aber er versteht weder den Sinn noch den Nutzen seiner Frage.

Auch Louise versteht nicht, was Stephen bezweckt. Sie weiß, daß Ben nicht wagen wird, das Wort zu ergreifen, daß er eigentlich nicht redet, und daß er außerdem keine besondere Meinung zu der Sache hat, die man ihn auszusprechen drängt, und im übrigen ist das ganz normal. Diese Art, ihn als Zeuge aufzurufen ist ein wenig grotesk, ein wenig deplaziert. Louise will darin nur eine der legendären Ungeschicklichkeiten Stephens sehen, oder aber das Bemühen, von dieser Intimität, die sich heimlich zwischen sie drängt, abzulenken. Eine andere Erklärung findet sie nicht. Sie betrachtet Stephen und entdeckt in seinem Verhalten keinerlei Bosheit, keinerlei Bösartigkeit. Ja, er wollte wohl wirklich nur etwas Atem schöpfen, mehr nicht.

Stephen ist tatsächlich bereit zuzugeben, daß seine Aufforderung vielleicht unpassend war. Er wüßte nicht zu erklären, warum er plötzlich auf die Idee gekommen ist, Ben in ihr Spiel mit einzubeziehen. Es ist seine verhaltene, beruhigende, vertraute Gegenwart, die ihn ohne langes Nachdenken zu seiner Frage bewogen hat. Ben war da, verfügbar, freundlich. Stephen hat den Eindruck gehabt, daß er schon immer zu ihrem Leben gehörte und daß er nicht nur ein Möbelstück sein durfte. Er wollte, daß seine Menschlichkeit nicht ausgeblendet würde.

»Um es klar zu sagen, ich bin zufrieden, Sie wieder zusammenzusehen. Ich merke, daß mir das gefehlt hat.«

Auf spektakuläre Weise faßt sich Ben endlich ein Herz. Langsam, im Ton tiefer Überzeugung, spricht er einen ganz einfachen Satz aus, der Aufrichtigkeit und Unbefangenheit ausstrahlt und frei von jeder Berechnung, von jedem Hintergedanken ist, einen Satz, wie ihn nur Kinder sagen können. Und mit diesem einzigen Satz führt er Louise und Stephen wieder zusammen, er macht ihnen die gemeinsame Milde, die wiederauflebende Intimität bewußt. Er gibt ihnen auf seine Weise auch die verflossene Zeit zurück, die Zeit des Verwitwetseins während der Jahre ihrer Trennung, die beißenden Wunden der Abwesenheit und die unschuldige Freude des Sichwiederfindens. Ein unfreiwilliges Meisterstück.

Louise und Stephen werfen sich im selben Moment einen verstohlenen Blick zu. Ihre Blicke kreuzen sich kaum eine Sekunde lang, aber in dieser Sekunde sind die fünf gemeinsam gelebten Jahre enthalten, wie von jenem weißen Licht erhellt, das nur im Moment des Sterbens aufzuleuchten scheint, ebenso wie die fünf getrennt gelebten, schonungslos verflossenen, plötzlich wiedergewonnenen Jahre. Alles was sie gemeinsam hatten und was sie voneinander entfernt hat. Diese Sekunde erschüttert sie wie ein elektrischer Schlag, trifft sie wie ein Blitz. Erstarrt, wie versteinert finden sie sich wieder in dieser lächerlichen Sekunde, die das Gewicht eines ganzen Lebens hat.

Und zum ersten Mal seit Stephen die Bar betreten hat liegt auch ein Hauch von Begierde in der Luft. Plötzlich sind sie nicht mehr nur Vergangenheit oder Passivum, schreiende Amnesie oder stummer Vorwurf, sie sind Körper, Formen, die sie gut kennen, Haut, die sie oft gestreichelt, Arme, mit denen sie sich umschlungen, Lippen, die sich fünf Jahre lang täglich berührt haben. Die Begierde ist greifbar. Die Leidenschaft, die sie spüren, die sie beide zueinander treibt, ist physisch. Sie kehren zu den Ursprüngen zurück.

13

Draußen fängt es an zu wehen, ein Stück Zeitungspapier wirbelt durch die Luft, man könnte fast meinen, ein unsichtbarer Gott treibe seine Scherze mit ihm. Die Bäume rauschen, als würden sie geschüttelt, als versuchte jemand, ihre Blätter vor der Zeit abzuwerfen. Die wilden Gräser biegen sich auf den von den Windstößen gepeitschten Dünen. Eines der am Schaukasten vorm Phillies hängenden Schilder klappert. Ben hat schon hundertmal erklärt, daß das eines Tages einen Gast umbringen werde, aber es ist nichts zu machen: Reparaturen werden hinausgeschoben, Ausgaben werden hinausgeschoben. Es wird jetzt dunkel, und ein Gewitter droht. Kein Wunder bei diesem erbärmlichen schwülen Wetter, das manchmal mit fürchterlichen Blitzen und kurzen, wütenden Güssen endet. Man versteht, daß der Herbst bald da sein wird.

Ben geht zu den Erkerfenstern und schließt sie, um zu verhindern, daß der Luftzug das kunstvolle Arrangement auf seinen Tischen durcheinanderbringt, indem er die Papiertischtücher oder die Speisekarten aufwirbelt. Louise würde ihn gerne bitten, sie noch eine Weile offen zu lassen, damit ein Hauch frischer Luft hereinkommen kann, damit sie von dieser entsetzlichen Feuchtigkeit erlöst werden, die die Haare an den Schläfen und die Kleider am Rücken festkleben läßt, aber sie tut es nicht, denn sie sieht wie Ben, daß das Gewitter aus der Ferne heranzieht. Sie weiß, daß es in wenigen Minuten ausbrechen kann, und, wenn Ben nicht jetzt Vorkehrungen trifft, man nachher in aller Eile handeln und sich auf die schlagenden Fenster stürzen muß, wobei man riskiert, von den großen warmen Tropfen, die gegen die Fassade klatschen, naß zu werden. Ben ist ein vernünftiger, vorausschauender Bursche, aber Louise möchte atmen können.

Stephen klagt darüber, daß er auf den Barhockern an der Theke schlecht sitze, und schlägt Louise vor, sich auf den Moleskinbänken niederzulassen. Im selben Atemzug fragt er Ben, ob er ihnen nicht irgend etwas zu essen bringen kann, etwas Einfaches, ein Club-Sandwich, Chips, Zwiebeln, Krautsalat, falls er etwas dahabe. Es braucht kein warmes Gericht zu sein, nur irgend etwas, um den Magen ruhigzustellen, er hat Hunger, er hat fast nichts zu Mittag gegessen, die Mahlzeit allein mit seiner Mutter im Haus von Hyannis war düster. Ben fragt Louise, was sie haben möchte, und sie antwortet, sie werde das knabbern, was sie von Stephens Teller aufpicken könne. Und diese banale Bemerkung erinnert alle drei daran, daß Louise es immer so gemacht hat: Sie aß nie richtig, sie begnügte sich damit, Stephen ein paar von seinen Pommes frites, ein Salatblatt, rohe Zwiebelringe zu stibitzen, die sie mit den Fingerspitzen aß. Man nimmt seine Gewohnheiten rasch wieder auf.

»Es ist schon so gut wie fertig.«

Auch diese Bemerkung ist ihnen merkwürdig vertraut. Louise denkt, daß es nicht richtig ist, solchen Details Beachtung zu schenken, und sie ärgert sich über das Versinken in falscher Nostalgie. Stephen ist beglückt über den

Streich, den ihm sein Gedächtnis spielt, über das, was es ihm an längst Vergessengeglaubtem zurückgibt. Für Ben ist es nur ein Satz, den er hundertmal am Tag wiederholt. Wenn man ihn danach fragte, würde er jedoch bereitwillig zugeben, daß seine Gäste nicht ganz alltäglich sind und daß die harmlosesten Wendungen es deshalb auch nicht sein können.

Ben stößt die Türflügel, die in die Küche führen, energisch auf. Er verschwindet und läßt Louise und Stephen allein mit dem Geräusch der langsam ausschwingenden Türen zurück. Vorübergehende, die einen Augenblick stehenbleiben würden, könnten von der Straße aus ihre über der Mauer abgeschnittenen reglosen menschlichen Umrisse erkennen und glauben, sie seien unzertrennlich aneinander gebunden. Diese Vorübergehenden würden sagen, im Phillies seien wieder einmal keine Gäste außer einem Paar, das auf das Essen warte, sicher Leute aus Boston, die zum Weekend hergekommen seien und angehalten hätten, um einen kleinen Imbiß zu nehmen, ehe sie zu ihrem Appartement weiterfahren. Der Anschein trügt wieder einmal.

»Was wirst du jetzt tun? Ich meine: jetzt, wo Norman ...«

Er beendet den Satz nicht, es ist überflüssig. Jeder errät, was die Auslassungszeichen beinhalten. Er ist nur etwas überrascht, daß er diesen Vornamen Norman ausgesprochen hat, den er nicht im Mund zu führen gewohnt ist, mit dem er kein Gesicht und keine Begebenheit in der Vergangenheit verbinden kann. Denn der Gebrauch dieses Vornamens läßt eine Vertrautheit glaubhaft erscheinen, der offensichtlich alles widerspricht. Stephen weiß nichts von diesem Mann. Außer, daß er nicht mehr kommen wird.

Daß er nie mehr kommen wird. Das reicht wirklich nicht aus, um sich eine Intimität auszumalen.

Auch Louise ist peinlich berührt, diesen Vornamen aus Stephens Mund zu hören. Er gewinnt einen Klang, den sie noch nie gehört hat. Dieser Klang trifft sie wie eine Grobheit, wie eine Vergewaltigung. Louise ist der Ansicht, Stephen habe sich diesen Namen gewissermaßen angeeignet, indem er sich herausnahm, ihn zu gebrauchen, und sie hat deshalb das brutale Gefühl, ihrer eigenen Geschichte beraubt worden zu sein. Merkwürdigerweise trägt sie es Stephen nicht nach: Diese Enteignung, die er ihr indirekt aufzwingt, gleicht einem kleinen Tod, und sie ist ihm fast dankbar, daß er sie hineinstürzt. Die Ungehörigkeit der Verbindung, die Stephen zwischen sich und Norman herstellte, beschleunigt den Vorgang der Auflösung.

Der ehemalige Geliebte weiß, wie gewagt es ist, an jemanden zu erinnern, der ihn im Herzen und im Leben Louises ersetzt hat. So etwas macht man im allgemeinen schon deswegen nicht, weil es fast automatisch zu Vergleichen führt, die riskant sein könnten. Man tut es noch weniger, wenn der Beteiligte gerade eine Trennung provoziert hat. Man könnte darin eine Form von Provokation entdecken, was bei Stephens Art immerhin möglich wäre.

Er würde daher gerne klarstellen, daß es keineswegs in seiner Absicht liegt, zu provozieren oder Louise in Verlegenheit zu bringen, natürlich nicht. In seiner Frage ist keine Bosheit und auch keine Tücke enthalten. Jetzt, wo ihre Intimität sich gerade wiederherstellt, erscheint es ihm fast natürlich, sich nach Louises Geistesverfassung zu erkundigen und sich insbesondere davon zu überzeugen, daß sie nicht übermäßig betroffen ist von der Nachricht, die sie vorhin erhalten hat. Warum sollte das, was von seiten des Erstbesten als fürsorglich gemeinte Erkundigung verstanden würde, mit Argwohn betrachtet werden, wenn die mitfühlenden Worte von ihm kamen?

Louise hat sich die Frage nicht gestellt, die Stephen an sie richtet. Sie hat offensichtlich keine Zeit dazu gehabt. Zweifellos auch keine Lust. Sie ist soeben mit einer vollendeten Tatsache konfrontiert worden. Man sollte ihr wenigstens Zeit lassen, sich daran zu gewöhnen. Und außerdem hat sie Angst, übereilt zu reagieren. Sie gehört zu den Frauen, die in dem Moment, wo ihnen die schlimmsten Nachrichten mitgeteilt werden, standhalten, die nicht zusammenbrechen. Zu denen, die den äußeren Schein wahren. Nicht einmal so sehr vor den anderen, als vielmehr ganz egoistisch vor sich selbst. Louise denkt, wenn man nicht in die Knie gehe, überwinde man die Hindernisse. Sie ist felsenfest davon überzeugt, daß die Tatsache, physisch nicht einzubrechen der Beweis mentaler Stärke ist. Sie hat später Gelegenheit zur Ernüchterung, wenn sie sich in der wiedergefundenen Einsamkeit, in der zurückgekehrten Ruhe die Ereignisse vergegenwärtigt und feststellt, daß der Schock sie mit aller Heftigkeit aus dem Gleis geworfen hat. Und auch dann ist Louise noch in der Lage, Haltung zu bewahren. Stephens Frage kommt zu früh.

»Ich habe keine Ahnung. Ich werde es dann schon sehen. Das ist alles nicht so wichtig …«

Die Dinge in jedem Fall herunterspielen. Eine Art Desinteresse an den Tag legen. Den möglichen Kummer nicht leugnen, nein, aber ihn in die Ferne rücken, ihm kein Gewicht beimessen. In Rätseln reden, damit die, die zuhören, in die Worte hineinlegen, was man selbst nicht hineinlegen kann. Zeit gewinnen. Louise tut das alles gleichzeitig. Und doch ist der Schmerz unvermeidbar, die Leere ihres Liebeslebens wird ihr ins Gesicht springen, die Kette ihrer gescheiterten Beziehungen wird sie zum Nachdenken zwingen, ihre Unfähigkeit, Männer zu halten, wird ihrer angeborenen Neigung zu Ungeduld und Rastlosigkeit Nahrung geben.

Stephen läßt sich nichts vormachen. Er hat in der Vergangenheit mehrmals solche schroffen Antworten einstecken müssen, die er wahrscheinlich in Louises Theaterstücken wiederfände, wenn er darin suchte. Er bedauert, daß Louise nicht gewillt ist, ihm ihre Traurigkeit in aller Offenheit und Einfachheit zu bekennen. Er könnte sie mit sich nehmen, diese Traurigkeit, ja, er könnte sie ihr abnehmen. Das allein hat er mit seiner Frage beabsichtigt. Er bedauert, daß sie seine Absichten nicht besser versteht oder sie nicht verstehen wollte.

»Und du, was wirst du machen, wenn die Scheidung ausgesprochen ist? Hast du Pläne?«

Sie ergreift die Initiative, weil sie nicht anders kann. Sie verachtet die Abhängigkeit, in der sie sich nach der Trennung von Stephen wiedergefunden hat. Sie möchte das nicht noch einmal erleben. Sie möchte nicht die sein, die man bedauert, die man streichelt, die man am Gängelband führt. Sie hat das Bedürfnis, sich auf Augenhöhe mit ihm zu wissen. Sie ficht noch immer einen Kampf aus, die Unglückliche. Aber in ihrem tiefsten Innern rechnet sie sich aus, daß sie die Härte und den Widerstand wird aufgeben, die Waffen strecken und sich ergeben müssen. Dazu ist später immer noch Zeit.

Außerdem wüßte sie gerne, wie das Leben von Stephen Townsend ohne Rachel Monroe aussehen wird. Zu diesem Wunsch läßt sie sich von ihren Rachegefühlen, von dem Bedürfnis, die Oberhand zu behalten, hinreißen, um so mehr, als sie Jahre hatte darauf warten müssen, einen Sieg auszukosten, an den sie nicht mehr glaubte. Dieser Sieg ist jedoch schon ein erkalteter Aschehaufen, ihre Eitelkeit kann nur kurz befriedigt werden, und es ist zweifellos an der Zeit, das alles hinter sich zu lassen, lieber nach vorne zu blicken als ewig nach hinten.

Schließlich muß sie sich selbst ein Geständnis machen, muß eine redliche Selbsterforschung betreiben. Vorhin, als Stephen berichtete, daß er und Rachel sich getrennt haben, ja, da hat sie, wenn auch nur für den Bruchteil einer Sekunde, gedacht, daß diese Mitteilung auf den Gang ihres Lebens einen Einfluß haben könnte. Ja, sie hat gedacht, das könnte für sie etwas ändern. Sie sieht sich gezwungen, dies zuzugeben. Sie sieht sich gezwungen zuzugeben, daß es ihr, trotz des schrecklichen Verrinnens der Jahre, trotz der Befriedigungen, die ihr das Theater verschaffte, trotz ihrer Beziehung zu Norman, die zu dem Zeitpunkt noch existierte, nicht gelang, diesen Gedanken zu unterdrücken.

In Wirklichkeit hat sie fünf Jahre lang heimlich diesen Augenblick herbeigesehnt. Mit Erstaunen stellt sie fest, daß man seine tiefsten Hoffnungen nie wirklich aufgibt. Es ist verrückt, sie muß an die argentinischen Frauen denken, die Wahnsinnigen vom Platz des ersten Mai, die entgegen aller Wahrscheinlichkeit seit dreißig Jahren auf die Rückkehr ihrer Söhne und Väter warten. Sie versucht, sich deren Gesichter vorzustellen, wenn sie ihre Toten plötzlich vor sich sehen. Dieses Gesicht hat sie.

»Ich denke, ich muß mein Leben neu beginnen. Aber ich weiß nicht, ob man sein Leben neu beginnen kann.«

Louise würde einer solchen Formulierung der Dinge zustimmen. Aber es ist Stephen, der sich dies fragt. Und diese Frage scheint aus Stephens Mund so sonderbar, daß sie ein wenig an ihrer Ernsthaftigkeit zweifelt. Es klingt wie der Versuch einer Manipulation. Möchte Stephen, daß man ihn für sein Schicksal bedauert und losstürzt, um ihm Mut einzuflößen, um seine schwarzen Gedanken und seine düsteren Ahnungen zu zerstreuen?

Und plötzlich wird Louise von einem entsetzlichen Verdacht, von einem giftigen Gedanken gepackt: Und wenn er nur deshalb gekommen wäre und sie hätte wiedersehen wollen, weil er das erstemal allein ist und mit der Einsamkeit nicht zurechtkommt? Und wenn er nur deshalb versuchte, sie zurückzugewinnen, um nicht auf einer Niederlage sitzenzubleiben? Und wenn sie nur die einzige Alternative zu seinem gegenwärtigen Unglück, die naheliegendste, die einfachste wäre? Und wenn Stephen Townsend einmal mehr versuchte, sich durch reinen Egoismus zu retten, und wenn Louise nur das unmittelbarste, das am selbstverständlichsten erreichbare Instrument für diese Rettungsaktion wäre? Diese Überlegungen lassen sie vor Entsetzen erstarren, jagen ihr einen fürchterlichen Schauder den Rücken hinunter. Sie kann nicht vergessen, daß Stephen ein narzißtischer Mensch ist, der zuerst um sein eigenes Heil bemüht ist, und für den das eigene Glück immer etwas mehr zählt als das Glück des anderen. Er hat sich ständig aus den ungünstigsten Situationen befreit, und er ist zum vollkommensten Zynismus fähig, wenn es für ihn darum geht, das zu bekommen, was er anstrebt. Unter seinen Masken des ungeschickten Kindes und des eleganten Mannes verbirgt sich ein großer Fleischfresser.

Die Überlegung, die Louise im stillen und voll Bestürzung anstellt, bestärkt sie in ihrer Überzeugung, daß es richtig ist, sich nie ganz und gar auszuliefern, nie die Dekkung zu verlassen, nie nachzugeben, solange man nicht genau einschätzen kann, was man dabei riskiert, solange man die wahren Absichten des anderen, die sich hinter den beruhigenden Reden oder den rührenden Erklärungen verbergen, nicht klar und deutlich erkennt.

Stephen wäre verletzt, wenn sie an seiner Aufrichtigkeit zweifelte. Er würde erkennen, daß sie auf der Hut ist, weil sie in der Vergangenheit Schläge erhalten hat, und weil er es war, der diese Schläge auf sie niederprasseln ließ. Aber seine Bestürzung ist echt. Er spielt nicht falsch mit seiner Verwirrung und seinem Kummer. Es fällt ihm zu schwer, sie zuzugeben, als daß sie vorgetäuscht sein könnten. Er würde seine Not und seine Qual nicht zeigen, wenn sie nicht wahr wären. Sein Schamgefühl siegt letztlich über die kleinen Berechnungen, denen er sich bisweilen, wie er bekennt, überläßt. Wirklich, wenn er beim Anblick des Gewitterhimmels, der sich vor der Fensterfront vom Phillies erstreckt, erklärt, sein Horizont komme ihm auch nicht wolkenlos vor, so hofft er, daß man ihm glaubt. Er würde jederzeit einsehen, daß man Beweise von ihm verlangt.

Louise beobachtet ihn wie unter der Lupe, als ob sie in ihm zu lesen versuchte. Sie fixiert ihn wie einen Schuldigen, bis es ihm ungemütlich wird. Ihr Blick ruht zu lange auf ihm. Es wirkt taktlos. Er windet sich auf der Moleskinbank. Unruhig wirft er einen Blick in Richtung der Schwingtür zur Küche, in der Hoffnung, Ben werde dort auftauchen, um ihn aus diesem Bann zu befreien. Aber die Türen schwingen nicht. Louise und Stephen verharren alle beide in sich gekehrt, ergriffen von dieser inquisitorischen Selbstbeobachtung.

Aber Louises Gesicht entspannt sich mehr und mehr. Ihre Züge erholen sich. Es ist merkwürdig, man könnte meinen, sie habe eine Antwort gefunden. In Wirklichkeit läßt sie sich erneut von dem unglaublichen Charme dieses Mannes gefangennehmen. Sie sieht nur noch die sehr grünen Augen, von jenem Grün, das sie nur an den Stränden der karibischen Inseln wahrnimmt, nie in den schlammigen, grauen Wassern des Atlantiks. Sie sieht nur noch die helle Haut, ein klein wenig gealtert, aber noch immer glatt, wie ein letzter Beweis von Jugend. Sie sieht nur noch die roten Reflexe des Barts, die kurz geschnittenen Haare, aus denen hier und da ein paar jungenhafte Locken hervorspringen. Sie sieht nur noch die unglaublich intelligente Stirn, die schmale Nase, von der die Brille verschwunden ist. Sie sieht nur noch den Mann, den sie bis zum Wahnsinn geliebt hat und dem sie offenbar selbst die schlimmsten seiner Schandtaten zu vergeben bereit ist.

In diesem Augenblick der Gnade und der Einkehr, wie man ihn manchmal in bestimmten Kirchen in Harlem erlebt, überrascht sie Ben. Die Schwingtüren haben sich endlich entschlossen aufzugehen. Der Kellner bringt das versprochene Club-Sandwich und einen Teller mit kalten Beilagen, auf die sie sich stürzen. Stephen, der sich noch vor einer Minute auf die Knie geworfen hätte, wenn er Ben damit hätte herbeirufen können, um ihrem irritierenden, stummen Tête-à-tête ein Ende zu bereiten, bedauert jetzt dieses Eindringen, denn er hat Zeit gehabt, in Louises Augen jenen Ausdruck zu erkennen, den sie früher hatte, wenn sie sich in den Armen hielten.

14

Das Gewitter zögert zu kommen. Die Wolken hängen jedoch tief. Der Himmel hat sich verdunkelt, und das ist nicht nur die Wirkung der heraufziehenden Nacht. Der Wind schlägt gegen die Fenster. Der Ozean im Hintergrund scheint aufzubrausen, und die Boote schaukeln gefährlich. Aber das Unwetter bricht nicht los. Die Blitze lassen auf sich warten. Der Regen wird nicht so bald losprasseln. Die Hitze wird immer drückender. Die Nachsaison hat hier manchmal etwas Tropisches an sich. Neu-England ist nicht immer so, wie man glaubt.

Louise und Stephen sitzen vor dem gigantischen Sandwich, das Ben gemacht hat und das einer Geburtstagstorte gleicht. Stephen beißt herzhaft in einen der Türme aus Toastbrot, Schinken, Salat, Tomaten und Käse, während Louise die auf dem Teller liegenden Cornichonscheiben aufeinanderstapelt, ehe sie ihre Trophäe langsam zum Mund führt. Sie essen schweigend, und Ben schaut ihnen fast liebevoll zu. Er ist glücklich, daß die »alten Zeiten« zurückgekehrt sind, daß dieser Sonntagabend den Sonntagabenden von »früher« gleicht, daß das Moleskin wieder ihre verschwundene Heiterkeit aufnimmt.

Zwischen zwei Bissen fragt sich Stephen, ob der Moment kommt, wo man sich eingesteht: »Es ist zu Ende, das ist nichts mehr für mich, meine Zeit ist vorbei, ein für allemal.« Er ist sechsunddreißig, er ist noch immer ein schöner Mann, er kann sich auf eine gute Position berufen: a priori hat er keinen besonderen Grund, sich über die Zukunft Sorgen zu machen. Und dennoch glaubt er, daß die leichten Zeiten hinter ihm liegen, daß die glücklichen Jahre der Vergangenheit angehören, daß es von nun an anders sein wird. Er wird wieder Frauen verführen, eines Tages noch einmal heiraten, wer weiß? Wird seinen beruflichen Aufstieg fortsetzen, aber das Glück? Die Glut? Welchen Reiz wird das enthalten, was ihm noch zu erfahren bleibt, welche Würze wird in dem liegen, was ihn erwartet? Wird er sich nicht mit einem einschläfernden Wohlbehagen, einer einlullenden Behaglichkeit, einem Dasein ohne Ecken und Kanten, ohne Halt begnügen müssen? Dieser Gedanke erschreckt ihn. Und dieses Erschrecken wollte er gerade eben Louise zu verstehen geben. Er ahnt, daß sie es nicht verstanden hat, daß sie es für bloße Koketterie, für Ziererei gehalten hat. Im Grunde ist er viel verzweifelter, als der Anschein es vermuten läßt. Aber dies hat er sich vor allem selbst zuzuschreiben.

Für ihn ist es weniger eine Frage des Alters als der Energie. Er hat nicht wirklich Angst zu altern: Er hat Angst zu verzichten. Er hat schon einmal verzichtet. Er kennt die Bequemlichkeit der Entsagung, die falsche Ruhe, die sie mit sich bringt, und wie man sich daran gewöhnt. Er weiß, daß man sich gehen lassen kann, sich betäuben kann, daß dies alle Männer seiner Generation so gemacht haben oder machen, daß es keine Schande, sondern eine Art verdienter Erholung ist. Aber er hat keinen Krieg geführt: Wovon verdiente er Erholung? Es ist eher ein kleiner Tod, eine bequeme Resignation, oder eine Fahnenflucht, wenn man im militärischen Bild bleiben will. Um dem zu entkommen, muß man kämpfen, zu Anstrengungen bereit sein. Indem er ins Phillies kam, darauf baute, Louise dort zu treffen, erhoffte er sich in Wirklichkeit, dort jemanden wiederzufinden, der ihm die Lust und den Sinn für die Anstrengung wiederschenken könnte. Diese Hoffnung ist größer denn je, als er sich an den zweiten der vier Türme macht, aus denen das Club-Sandwich besteht.

Louise fragt sich, welchen Weg Stephen zurückgelegt hat, und ob man aus seinem Scheitern lernt. Ist ihr Geliebter, nach der Formulierung, die sie schätzt, »nicht mehr ganz derselbe, aber auch nicht ein ganz anderer«? Was hat er von den Jahren mit ihr und von den Jahren ohne sie zurückbehalten? Was für eine Lehre zieht er aus dem Scheitern seiner Ehe, wenn er eine zieht? Hat er etwas von seiner Leichtfertigkeit verloren, etwas an Solidität gewonnen? Ist er endlich fähig, seine Gefühle zu akzeptieren, bei seiner getroffenen Wahl zu bleiben, die Oberfläche zu verlassen? Die Cornichons wären weniger sauer, wenn sie über Antworten auf ihre Fragen verfügte.

Ihrer Meinung nach beginnt man sein Leben nicht neu, man führt es fort, indem man nicht von dem abweicht, woran man glaubt und von dem, was man durchmacht, lernt. Sie merkt, daß es etwas naiv ist, die Dinge so auszudrücken, und daß man sie leicht eines hübschen Idealismus bezichtigen könnte. Dennoch besteht sie darauf. Sie ist überzeugt, daß sich die Welt verändert, daß das Leben Prüfungen auferlegt, aber daß man sich treu bleiben und über die Prüfungen triumphieren kann. Letzten Endes sind die Leiden Teil des Daseins, sie können uns nicht erspart werden, aber sie sind hundertmal besser als die langweiligen Momente, sie sind der Preis, den man bezahlen muß, um zu beweisen, was man ist, und um zu vollenden, was man beschlossen hat. Das ist ihr ureigenster amerikanischer Traum. Das Gold, das sie nach Art der Pioniere erobern will, die Wünsche, die sie nährt oder die Chimären, denen sie nachläuft, sie jagt ihnen in sich selbst hinterher.

Auf eine etwas unpassende Weise erinnert sie sich daran, daß das Theater und das Leben tatsächlich zum Verwechseln ähnlich sind: Zuerst muß man die Worte, die man sagen wird, lange in sich wiederholen, muß die Rolle, die man erhalten hat, durcharbeiten, seine Figur gestalten, um ihrer Wahrheit so nahe wie möglich zu kommen, dann muß man diejenigen, mit denen man das Stück spielen wird, für sich gewinnen, sie näher kennenlernen, den eigenen Standort zwischen ihnen bestimmen, sich Gehör verschaffen, die richtige Distanz, den passenden Rhythmus finden, sich irren, auch das natürlich, zögern, von neuem beginnen, um Nachsehen oder Ruhe oder Aufmerksamkeit bitten, und schließlich sich zurücknehmen, sich anpassen, um für die Aufführung gut gerüstet zu sein. Und am Tag der Premiere steht man zitternd hinter dem Vorhang, man ist der Ohnmacht nahe, man bedauert, daß sie nicht eintritt, man weiß, daß es von jetzt ab unmöglich ist, zurückzutreten, sich zu entziehen. Aber was riskiert man denn eigentlich? Man stürzt sich hinein, man tritt ins Rampenlicht, man interpretiert seine Partitur, man bemerkt, daß es ganz von alleine läuft, man stolpert trotzdem einmal über eine Antwort, die man auswendig kann, die man hundertmal ausgesprochen hat, ohne darüber zu stolpern, und man macht weiter, man bringt es zu Ende. Wenn der Vorhang fällt, wenn der Beifall ausbricht ist man glücklich, man wünscht sich den nächsten Tag herbei, um dieses unglaubliche Wunder zu wiederholen. Die Zeit zwischen zwei Aufführungen scheint endlos, aber man übersteht sie. Louise ist überzeugt, daß das Theater alle Antworten enthält.

Stephen ist nun fertig mit dem Essen. Ben trägt die leeren Teller ab, schlägt ein Dessert vor: Käsekuchen? Streuselkuchen? Schokoladenkuchen? Aber Stephen ist satt und lehnt alle Vorschläge ab. Louise schaut ihn ruhig und zärtlich an. Sie rutscht auf dem Moleskin ein wenig nach vorne, und ihr rotes Kleid läßt flüchtig ein Knie sehen. Sie lehnt ihren Kopf an die Rückseite der Bank. Sie fühlt sich merkwürdig wohl. Sie könnte Stunden verbringen, ohne etwas zu tun, einfach so in einer Bar herumsitzen. Schon immer jagt sie diesem Traum von Müßiggang und Ruhe nach. Sie ist zufrieden, daß Stephen an ihrer Seite ist, daß er nichts sagt, daß er ihr erlaubt, diesen vibrierenden Augenblick zu genießen.

Es beginnt allmählich, dunkel zu werden. Sie sollten nach Hause gehen, vor allem falls das Gewitter noch ausbrechen sollte. Es liegt in ihrem Interesse, auf die Straße zu kommen, so lange sie noch trocken ist. Es ist ziemlich ungemütlich, nachts unter Wolkenbrüchen zu fahren. Louise braucht nur etwa zwanzig Minuten, um nach Brewster zu gelangen. Aber nach Boston muß man mehr als eine Stunde rechnen, und Sonntagabends gibt es immer Staus wegen des Wochenendverkehrs. Sie sind vernünftige Menschen: Sie wissen, daß sie sich von den weichen Bänken losreißen müssen, von der schwülwarmen Bar, daß sie zu ihren Autos und ihren Gewohnheiten zurückkehren müssen. Gerne würden sie ihre Wiederbegegnung noch etwas in die Länge ziehen, die so gefährlich war und die ihnen nicht mißlungen ist, gerne würden sie diesen Ton noch etwas halten, der so schwer zu halten ist, aber eine Art Pflicht ruft sie. Und außerdem vergessen sie nicht, wie labil oder jedenfalls wie gefährdet das Gleichgewicht ist, das sie schließlich erreicht haben. Sie wollen nicht riskieren, es durch einen ungeschickten Satz, eine unpassende Bitte oder den unangebrachten Versuch vorzupreschen, aufs Spiel zu setzen. Sie ahnen, daß sie für den Augenblick hier Halt machen müssen, daß das, was sie erreicht haben, schon beachtlich ist. Sie wollen die Zärtlichkeit, die sich wieder zwischen ihnen eingestellt hat, die Vertrautheit, die gerade zurückkehrte, erhalten. Sie sind glücklich über die Annäherung, die sich vollzogen hat, die sie bestimmt nicht für möglich hielten, weder der eine noch der andere, wenn auch aus unterschiedlichen Gründen. Gleichzeitig wollen sie sich weder etwas vorgaukeln noch sich zu rasch hinreißen lassen. Sie werden Zeit brauchen, um sich wieder aneinander zu gewöhnen, um sich vielleicht sogar wieder zu erobern, oder um zu beschließen, daß ihre gemeinsame Geschichte endgültig vorbei ist. Sie wissen nicht einmal, ob sie sich die Zeit zugestehen werden oder nicht. Es ist viel zu früh, um sich auf irgend etwas festzulegen. Das Wichtige ist der Augenblick, seine Zerbrechlichkeit und seine Intensität.

Sie stehen gleichzeitig auf, ohne daß sie sich verabredet hätten. Diese Gleichzeitigkeit bringt sie zum Lachen. Stephen geht zur Theke, um bei Ben die Rechnung zu begleichen. Ben nennt eine Summe, die sich in eine handvoll Dollars auf dem rötlich funkelnden Chrom verwandelt. Unterdessen schiebt Louise ihr Kleid zurecht, legt ihre Hände in den Nacken und wirft ihre Haare nach hinten. Sie macht dabei eine komische Bewegung, als habe sie einen steifen Hals. Zweifellos das Überbleibsel ihres vorherigen Zurücklehnens auf der Bank. Sie wühlt in ihrer Handtasche nach dem Lippenstift und gibt die Suche schließlich auf: Es wird auch so gehen. Sie ist an erster Stelle die Frau, die sie ohne Schminke ist. Zu so später Stunde nützt es nicht mehr viel, den Schein zu wahren. Und es gibt Männer, denen es erlaubt ist, einen so zu Gesicht zu bekommen, wie man ist.

Stephen zieht die Autoschlüssel aus der Tasche. Er streckt den Arm aus, um Louise zu zeigen, daß er ihr den Vortritt lassen will. Ben beobachtet sie: Er registriert sowohl die Sicherheit schon lange miteinander vertrauter Paare wie die Nervosität von Debütanten. Es ist kaum erkennbar, nur ein Zittern, ein Schauder auf der Hautoberfläche, ein schüchterner Zug um die Augen, ein leichtes Zögern in dem Augenblick, als sie in Gleichschritt fallen. Ben beobachtet sie, und ihm wird eng ums Herz.

»Benjamin, es hat mir wirklich Vergnügen gemacht, Sie wiederzusehen und diesen Ort wiederzufinden.«

Aus diesen einfachen Worten spricht eine unüberbietbare Ernsthaftigkeit und nicht nur alltägliche Höflichkeit. In ihnen liegt auch echte Rührung, eine Rührung, die die Stimme stocken läßt, die man mit abgewandtem Blick und angestrengtem Lächeln zu verbergen sucht. Stephen wird von dieser Rührung fast überwältigt, und das bringt ihn etwas aus der Fassung. Die Erschütterung ist größer, als er es sich hätte vorstellen können.

Ben antwortet ihm nur mit einem verständnisvollen Kopfnicken. Er nimmt seine Zuflucht zu einem jener männlichen Codes, die erlauben, zurückhaltend zu sein, die aber besser als Worte ein Einverständnis, manchmal auch Brüderlichkeit verraten. Er hätte gerne geredet, gerne seine Zufriedenheit gezeigt, einen Mann wiederzusehen, den er seit fünf Jahren aus den Augen verloren hatte. Er hofft, daß Stephen wiederkommen wird, daß er wirklich wiederkommt, aber es ist ihm nicht erlaubt, das zu sagen. Dies ist einer der Gründe, warum er sich mit einem Kopfnicken begnügt hat. Der Versuch einer Antwort hätte sie bestimmt weiter geführt, als sie im Augenblick zu gehen in der Lage sind.

»Bis morgen, Ben.«
»Bis morgen, Louise.«

Sie haben die Gewohnheit, sich so voneinander zu trennen, sich so nüchtern zu grüßen. Diese Nüchternheit des Verabschiedens ist ebenfalls ein Zeichen ihrer Vertrautheit. Sie brauchen nichts hinzuzufügen. Sie halten sich an das absolute Minimum, aber in dieser Beschränkung liegt das ganze Vertrauen, das sie eint, das ganze Wissen, das jeder vom anderen besitzt. Ihre Vertrautheit beweist sich nicht, stellt sich nicht zur Schau, sie zeigt sich in diesem genügsamen Schweigen, in dieser Abwesenheit jeder Anstrengung. Und außerdem entlassen ihre Abschiedsgrüße sie immer nur bis zum nächsten Rendezvous. Zwischen ihnen spannt sich ein unsichtbares Band, das sie aneinanderknüpft, das nicht zerreißen kann.

Sie hat sich nur einen Moment umgedreht, um ihm auf Wiedersehen zu sagen, einen sehr kurzen Moment, der dennoch sehr langsam ablief wie die Bewegung, die sie ihrem Körper verlieh. In dieser Bewegung lag Ermattung, auch Anmut, natürlich, und das ganze Gewicht einer Gewohnheit, der untreu zu werden ihr nicht in den Sinn käme. Stephen hat die unwiderstehliche Weiblichkeit ihrer Drehung gesehen. Eine Art Tanzschritt.

In dem Augenblick, als sie über die Türschwelle treten, ertönt das gräßliche Geklingel, aber sie achten nicht mehr darauf. Es hätte sie erstaunt, wenn es nicht erklungen wäre. Er hält ihr die Tür auf, sie geht vor ihm hinaus. Draußen auf dem Bürgersteig zieht sie unwillkürlich ihre Schultern hoch, als wolle sie sich vor dem Wind schützen. Dann wirft sie einen prüfenden Blick zum Himmel hinauf. Sie spürt, daß der Regen nicht kommen wird, daß die Wolken nicht mehr platzen werden, daß es beim Wind und bei dem aufgewühlten Ozean bleiben wird. Er schlägt seinen Kragen hoch und kneift die Augen zusammen, um festzustellen, wo er seinen Wagen geparkt hat.

»Ich gehe in diese Richtung.«
»Und ich in diese.«

Sie werden sich vor der Tür vom Phillies trennen. Jeder wird in seine Richtung gehen. Aber es sieht nicht nach einem Abschied, nach einem endgültigen Verlassen aus. Es ist nur ein Auseinandergehen, das sie für vorübergehend halten, nur ein Voneinanderlassen vor neuen Wiederbegegnungen.

»Möchtest du, daß ich dich bis zu deinem Wagen begleite?«
»Nein, das ist nett von dir. Ich parke an der nächsten Ecke.«

Diese Freundlichkeit, diese guten Manieren sind kein Ritual. Stephens Ritterlichkeit, seine Lebensart bieten ihm in dieser Situation die Möglichkeit, zuvorkommend zu sein, sich ihr aufmerksam zu erweisen, ihr in Erinnerung zu rufen, daß sie zählt, wieviel sie zählt. Seine Nettigkeit ist eine Art Bekenntnis. Und ihre Ablehnung, ihre höfliche Weigerung sind kein Zeichen von Distanz oder Zurückweisung. Im Gegenteil, sie sind voller Schüchternheit, Unbeholfenheit und Dankbarkeit.

»Werden wir uns wiedersehen?«

»Ja.«

Jeder von ihnen hätte diese Frage stellen können. Jeder von ihnen hätte zweifellos dieselbe Antwort gegeben. In diesem Augenblick werden sie beide von einer Art Gnade getragen, die eine vollkommene Übereinstimmung zwischen ihnen herstellt. Sie wissen jedoch nicht, ob sie sich küssen können oder sollen. Dieser Wunsch, sich in die Arme zu schließen, ist offensichtlich, unübersehbar, aber wie kann man sich küssen, nachdem man dem anderen gehört hatte? Sie beschließen, es dabei zu belassen und sich nicht zu berühren.

Jeder geht zu seinem Wagen. Dann sieht man, wie die gelben Wagenlichter angehen, man hört das Geräusch der Motoren, die fast gleichzeitig anspringen, und anschließend das Quietschen der Reifen. Die Lichter entfernen sich rasch, die Geräusche werden leiser, verschwinden hinter der Kurve. Zurück bleibt der Bretterzaun, der an der Küstenstraße entlangführt, in Abständen beleuchtet von dem müden und launischen Neonlicht vom Phillies. In der Bar fühlt sich Ben ziemlich einsam, wie verlassen, aber er ist nicht traurig. Er meint, nun werde kein Gast mehr kommen, und es sei zweifellos Zeit zu schließen. Er meint auch, das Gewitter werde nicht mehr ausbrechen. Für morgen hat der Sprecher des Wetterberichts erneut starke Hitze angekündigt. Aber in Cape Cod ist das Wetter manchmal nicht vorauszusagen.